U0015291

每天5分鐘，輕鬆教出哈佛英文力

小學生就能大學考試合格的高效家庭學習法

廣津留 真理——著
張秀慧——譯

只要半年，連普通小學的學生都能看懂高一課本。

只需一年半，連大學入學考程度的英文也能輕鬆閱讀。

一開始就這麼說，或許有不少人會認為：「那怎麼可能？」或是「在開玩笑吧？」

但這卻是不容質疑的**事實**。

不但能親子同樂，也能輕鬆學到世界共通的「一流英語能力」。

利用一分鐘、五分鐘、十分鐘的零碎時間，就能培養出英語四大技能——

聽、說、讀、寫。而且在家就可以學習！

爸媽不必親自教授，只要坐在旁邊一起學習就可以了。

這就是一本能讓你實現這樣夢想的書。

CONTENTS

序言

將「不可能」變成「可能」的奇蹟學習法！

CHAPTER 1

為何頂尖學生會在家學英文呢？

CHAPTER 2 用顛覆常識的英文進行育兒之完全手冊

CHAPTER 3

用「日本語B／邏輯國語」轉換成「英語腦」的方法

CHAPTER 4

一天五分鐘，輕鬆背英文單字——英文能力九成取決於單字量

CHAPTER 5

小學生也能看懂大學入學考試題目的「超級看字讀音法」

CHAPTER 6

只要模仿哈佛學生創作的英文，也能教孩子英文作文

CHAPTER 7

在家訓練「一分鐘演講」的方法

序言

將「不可能」變成「可能」的奇蹟學習法！

親子同樂，在家就能培養一流的英語學習力

認同我教學方法的父母，不知曾耗費過多少心力，去找適合的英語教室和教材。即便是有豐富教學經驗的英語老師，要教授幼兒及小學生英語也是相當困難的。

因此他們很難相信一般的小學生能：

半年就看得懂高一的英文教科書，

一年半就能通過英檢二級（高中畢業的程度）。

當然，會這麼想也是無可厚非的，因為根本沒有適合十二歲以下幼兒到小學生這個階段、且講求四技能（聽、說、讀、寫）兼具的英語學習法。**在日本，自然不可能有小朋友這樣去學英語。**

本書是第一本將**「英語一流學習法」**介紹給大家的書，書中介紹**適合幼兒以及小學生學習的英語四技能，也可說是「為了父母所準備的完全指南」**。

國高中學了六年的英語，卻連一句英文都不會說，也聽不懂，當然更不可能用商業英文來書寫郵件了。

再加上，原本日本預計在二〇二〇年要舉辦東京奧林匹克，英語即將被列入小學的正式課程中，然而直到現在，我們卻還找不到適合小朋友學習的方法。

其實有一種學習方法，能讓英語不太流利的家長，也可以在家鍛鍊小孩的英語能力。

祕訣就是：

首先是**「家庭氣氛要融洽」**。

然後**每天「坐在孩子旁邊」五分鐘**。

不是要父母去教英文，而是跟小孩一起朗讀五分鐘的英語。

不難吧？

任何人應該都可以做到吧！

只要用心去表達「無條件的愛」（不論發生任何事，我都會支持你）和「全心照顧」（不必擔心，我會陪著你），孩子的英語能力就會進步神速。

想在家培養一流的英語能力，那麼**「家庭圓滿就等於成功了九成」**。

四歲到十八歲，沒基礎的小孩也學得快的八項原則

到目前為止，我在九州大分縣各地舉辦研討會、研習會，以**三千名孩童**為對象來教授英語。

年紀最小的四歲，最大的十八歲（高三），沒有年級的限制，採取**「跨年級教學」**，充滿活力的孩子們一起學習世界的共通語言——英語。

連原本沒有任何英語基礎的孩子，也能很快地學會英語。

該怎麼做呢？

在班上，我是這樣教的。

❶ 一週一次，每次只上七十五分鐘

課程只安排在週中的某一天。時間不會太長，也不會一週上很多堂。

❷ 跨年級&大桌型教學

教室沒有講台以及個人桌椅，不管是幼稚園、小學、國中生還是高中生，都坐在大桌一起學習。

❸ 一開始就挑戰艱深的英文

沒有學過英文的小學生，從第一天上課開始，就讓他們試著閱讀高一程度的長篇文章。一邊讀出聲音來，一邊瀏覽大量的文章。

❹ 沒有老師指導，也不打分數

不抄寫英文字母和單字，也不用唱歌和玩遊戲來消磨時間。當然也不會介紹國外的節慶活動。

❺ 不教、不解題、不考試，只要背誦

花時間讓學生記憶大量的英文。雖然會確認他們是否記得住，但不用考試來評斷。

❻ 大聲背出來

背誦單字和英文時要讀出聲音，背好後再大聲地唸誦出來。

❼上課節奏迅速，絕不拖泥帶水

不論是學單字、英文閱讀或作文，每一個課題都控制在三到七分鐘。中途碰到問題也不停下來，而是繼續進行。

❽要不斷地稱讚

不去指責錯誤，而是稱讚學生正確的部分。

不是「教」英文，而是讓孩子能「活用」英文

從二〇一三年開始，每年夏天我都會舉辦夏令營（Summer in Japan，以下簡稱SIJ），為期二到三週，適合小學、國中、高中，以及大學的學生，以英語教育、藝術文化以及國際交流等為主要活動內容。

以志工的身分擔任代表理事，每年我都會邀請優秀的哈佛大學生團前來參與，但他們並不是來「教」孩子英語的，而是告訴他們如何「活用」英語。

活動期間，除了日本外，還有來自其它國家的參加者，總共聚集了八百名。

在哈佛大學的暑假實習項目中，ＳＩＪ受歡迎的程度逐年提升，連西海岸的全球ＩＴ企業，以及大型顧問公司等超有名氣的企業也跟我們聯繫，希望能共同參與。更有來自世界各地的優秀學生自願成為我們的講師。

每年約有一百名哈佛大學生來應徵講師，因此我設計了一份適合哈佛學生的筆試題目，並且親自進行面試。

雖然國中就開始學英語，但從未在英語圈國家居住過的我，是如何設計一份給哈佛學生寫的題目，甚至以英語來面試他們呢？

我的英語是從學會「唸」開始的。

讀小學的時候，我發現電視廣告裡的英語「發音」和「文字」是一致的，之後我就用唸的方式去讀課本了。

開始這樣做的契機很單純，因為我注意到Sharp、National（當時）的發音是「syapu」跟「nasyonaru」（引號內的發音為日文羅馬拼音）。「sha」的發音是「sya」，而「tio」是「syo」。這不就是本書介紹的，不必太費力就能做到的「看字讀音」嗎（請參考157頁）？所以我沒有「刻意去學」，只是把英文唸出來，然後就去翻字典查字義。這就是我學習英語的方法。

我聽著當時流行的木匠兄妹樂團的唱片，對照歌聲與歌詞文字的發音，跟唱了好幾次。

雖然不知道歌詞的意思，但從歌詞中學到了不少英文句型。

把Sony轉換成「soni」，發音只要一秒鐘，一首歌大約有三分鐘。

這種方法相當可行。所以學習英文的基本就是**「看字讀音」**。

學習英語最讓日本人感到頭痛的，就是英語四技能（聽、說、讀、寫）中的「聽Hearing」了。

因為聽不懂對方在講什麼，便先感到害怕、絕望，當然會當場愣住，沒辦法順利對話。

不過請放心！

只要做到本書介紹的「超級看字讀音法」（請參考第五章），孩子的聽、說能力將大幅提升。

而且，同坐在旁邊的母親或父親，聽力也會跟著提升喔！

這不是皆大歡喜嗎？

本書將介紹一種**只要花少許時間、在家就能輕鬆學習的方法**，給因為孩子的英語學習成效不佳而煩惱的父母——**那就是「超級看字讀音法」**。

不用補習，一天只要五分鐘，就能學到考上公立學校甚至哈佛大學的技巧

我女兒 Sumire 從讀大分縣的公立小學開始，到國中、高中都沒補習過，也沒有請家教，都是在家自學的。她在二〇一二年考上了哈佛大學，目前就讀紐約茱麗亞音樂學院的研究所，學習小提琴。（※此學院在一九〇五年成立，擁有世界最優秀的音樂、舞蹈、戲劇系所的學校之一，是二〇一七年 QS 世界大學排行榜「表演藝術類」第一名。）

能考上哈佛大學的關鍵，我想應該是她扎實的英語能力（豐富的詞彙以及獨一無二的自我表現力）吧！

女兒小時候就跟著我一起快樂地學習英文，小四的時候，就能利用「to do list」和便條紙做好自我管理，透過閱讀、電影、歌曲以及網路來培養好奇心。

同時她也用**「一天五分鐘輕鬆記單字」**（請參考第四章）的方法來增加英文單

字量，提升自己的英文能力。

Sumire說：「要考哈佛，就一定要背單字。」

本書會用照片介紹「一天五分鐘輕鬆記單字」的方法。（另外，從小就愛看英語繪本的Sumire，也推薦了真的很好用的「實用『輕鬆學英文迷你繪本』前五名」，請參考106頁。）

普通家庭的小孩為何辦得到呢？令人驚訝的四個實際個案

我所開設的課程，一週只有一堂課，而且只上七十五分鐘。

我曾遇過下面幾種類型的學生：

【個案一】從幼稚園大班就開始來上課，小二通過了英檢準二級（高中中級程度）

的Y同學。

【個案二】小六開始來上課，毫無英文學習經驗，只花了八個月就通過英檢三級（國中畢業程度）的G同學。

【個案三】小三開始上課，一年半就考過英檢二級（高中畢業程度）的T同學。

【個案四】只上了七週，就有英檢五級程度（國中初級）的M同學（九歲，小三），以及一起來上課的弟弟S同學（六歲，小一）。

這幾位短時間就考過日本英檢（實用英文技能檢定，由日本文部科學省贊助）的學生，全都是來自大分縣普通家庭的孩子。

二〇一七年六月開始，英檢準二級以及三級的出題方向有了重大變革，那就是增加了**「英文作文」**的考試項目。

我們本來只以英檢為目標，沒想到學生們的**閱讀**和**英文作文**的程度，連名門高中的學生們也感到佩服。

在上跨年級班級的課程時，我用的是《速讀速聽・英單 Core 1900 ver.4》（Z 會）這本暢銷書，作者是「大人的基礎英文」（E 電視）的講師、立教大學經營學部的松本茂教授。這本書能讓學生閱讀大學生程度的文章，並且透過英文來了解時事。

這些卓越的教學成果，讓之前帶孩子去多家補習班卻不見絲毫進步的父母也相當滿意。

英語四技能＋國文能力＝一石五鳥的學習方法

我教英語的優點就是，能一次訓練英語四技能「聽、說、讀、寫」。

其中最受好評的，就是「一天五分鐘輕鬆記單字」和「超級看字讀音法」這兩種。

Sumire 也常說：「**哈佛大學的英文，有九成要靠單字量。**」看來鍛鍊英語能力的最大難關，就是背英文單字了。

本書教的是，能讓英文不好的父母以及完全沒接觸過英文的孩子，配合日語就能輕鬆學英文的方法。

以新學習指導要領為基本，不久之後，高中會把**《倫理國語》**改成**《日本語B》**。用日語來學習英文，不但讓孩子不討厭每天都學英文，而且還能增強英文的學習動機（請參考第三章）。

這些方法不只能鍛鍊英語四技能，對於提升**國語文能力**也很有用。

可堪稱為**一石五鳥的方法**吧！

- **在教室和講座教過約「三千名」的學生。**
- **女兒Sumire「沒有補習就考上公立學校與哈佛大學」。**
- **日本唯一徹底研究過「兩百名以上」哈佛學生的家庭學習法。**

因為我具備了上述這三種經驗，才完成了這個家庭學習法。

本書同時也提供給「要教我家小小孩英語四技能＋背單字是不可能」的家長們，用「顛覆常識的英語學習方式來教小孩」的方法（請參考第二章）。對孩子們來說，英語四技能＋背單字當中，又以「單字」（請參考第四章）以及「讀、聽」（請參考第五章）為學習重點。因為只要掌握這些部分，就能讓英語能力大幅提升。

而從旁協助小孩的父母，也能跟著提升自我的英文能力。不但能體驗「書寫＝哈佛生製作的簡單英文作文」的樂趣，也可以教自己的小孩（請參考第六章）。

什麼？「怎麼可能寫英文作文？」

請放心！

我們已經將內容設計成，只要有國中英文程度、任何人都可以辦得到的課程。

日本文部科學省二〇二〇年英文改革計畫

本書介紹的技巧，包括下面幾項：

- **不論從幾歲開始，都能很快學會「超級看字讀音法」。**
- **只要短短三個月，就能記住小學四年要讀「英文單字」的記憶法。**
- **同時具備英文能力與國語文能力的方法。**
- **訓練一分鐘就能說出重點的「溝通力」發表法。**
- **鍛鍊英文寫作能力的書寫法。**

這些技巧包含了日本文部科學省「二〇二〇年英文改革」所強調的「聽、說、讀、寫」英語四技能。

另外，為符合雙薪家庭世代「沒有時間學英語」的現狀，我們挑選了**利用一分鐘、五分鐘、十分鐘的零碎時間就能看到學習成效**的方法。

為了避免發生「在班上會，可是回家就不會了」的情形，在學習過程中特別注重視覺以及五感，並且準備了許多照片和**免費影片**。

所以只要跟著做，任何人都能學好英文。各位絕對能確實地感受到，如何用最少的時間來達到最大的效果。

將孩子的學習當作「家庭中心」，家人相處模式將會出現變化

曾有學生家長表示：

- 「這種學習方法讓家人們的關係變好了。」

- 「原本好像事不關己的老公也積極參與，還會跟我討論怎麼教小孩。」
- 「親子間也會聊到一些社會問題，可見孩子的國語文能力有很大的進步。」
- 「夫妻倆的英語聽力變好了。」
- 「不會再覺得教小孩很難了，能自然地跟小孩相處。」

只要試過這種家庭學習方式，不但家裡氣氛變得融洽，原本因顧慮太多而進行得不順利的事情也會圓滿解決。

「要跟著大家的教育方式來教小孩。」

「一定要花大筆錢，讓小孩加強學校功課或是學習才藝。」

針對這些錯誤的觀念，你將會有不同的看法。

以**「家庭為中心」**來引導小孩學習，家人們的相處也會有所改變。充滿好奇心和上進心，家庭氣氛會很愉快。

萬事起頭難，但也是最重要的。父母在一開始時只要稍微努力，之後孩子就會獨立，邁向成功。

現在就來幫助孩子找到愉快的學習方法吧！

CHAPTER 1

為何頂尖學生
會在家學英文呢？

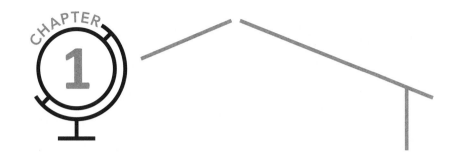

研究兩百名哈佛學生後知道，日本人不了解的家庭學習威力

到目前為止，我針對**兩百名哈佛學生**的家庭學習環境做過研究調查，因而發現了驚人的事實。

傑夫就讀於哈佛大學心理學系四年級，是摔跤隊的主將，在哈佛創辦自然俱樂部，並且擔任會長一職。

上小學六年級之前，他沒有去學校接受正規教育，而是在家自學了十二年。

父母親抱著「只要是喜歡、有興趣的事就讓小孩自學」的信念，經常陪伴在傑夫身邊，讓他可以去深入了解自己喜歡的事物。

母親發現「傑夫很喜歡親近大自然」，所以每週都會帶他去戶外進行野鳥觀察。持續觀察了十二年，傑夫總共研究了七十種、五千隻的候鳥。也因為這樣，加深了他對理科的興趣。

傑夫媽媽還有更棒的教育法寶。

傑夫在九歲的時候，非常愛看阿拉斯加的紀錄片，經常在用餐的時候聊到，媽媽突然有了這個想法。她從圖書館借了傑克．倫敦所寫的《野性的呼喚》，推薦給傑夫閱讀。

像這樣通篇文字、篇幅又長的小說，傑夫是第一次嘗試。但因為對阿拉斯加感到好奇，所以他很努力地讀完。

光是把書讀完就值得嘉許了，但接下來他父母的做法才叫人佩服。

他們邀請一些朋友到家裡來，然後問傑夫「看了什麼樣的書，內容是什麼」，讓他有機會在眾人面前簡單地介紹書的內容，並且發表自己的感想。

發表後，傑夫得到大家的稱讚，讓他非常開心，並且更有自信。

這種做法能讓孩子學到「書評」以及「閱讀感想」的寫法。

日本家庭也能做到的兩件事

在傑夫的故事中，**有兩件普通家庭就能做到的事。**

其中一件就是——**「對於喜歡、有興趣的事情，小孩自己會去學習。」**

我們只要**細心地觀察孩子，發現他們喜歡某件事物時，能從旁引導他們。**

另外，不管是繪本或是輕薄的文字書，日文還是英文都沒關係，當孩子讀完後，可以**試著引導他們說出「內容簡介」和「感想」**。

「裡面在講什麼？簡單地分享給沒讀過這本書的人。」這就是內容簡介。

而**「什麼都沒關係，把你想到的告訴我們。」則是感想。**

不管是在洗澡或是吃晚餐的時候，這兩個話題隨時都可以跟孩子聊。

接著再介紹另外一位吧。琪肯就讀於哈佛大學的生物醫學工程學，是一位熱愛

實驗以及數字的女大生。

除了自身的學業以外，她也參加了讓女生不討厭理科（Science, Technology, Engineering and Mathematics，簡稱STEM，即科學、技術、工學、數學）的活動。

琪肯在家自學英文的方式也相當有趣。

首先，小時候學ABC和單字拼音，是用手指在媽媽做的巧克力布丁上練習的。可以想像那有多開心呀！

雖然父母都有工作，但下班後還是會唸故事書給她聽，而且父親也會自己編故事，然後在睡覺前說給琪肯聽。

主角是聰明又勇敢的女生。

「能隨心所欲變身」的主角，其實是父親對女兒的期望。

琪肯說：「因為父親，讓我能很自然地跟其他男同學一起玩曲棍球，以及研究生物醫學工程學。」

而跟母親一起種植蘋果，是讓她愛上生物的契機。讓她透過種植蘋果了解到，種子長成大樹、然後又再生出種子的**生命循環，以及守護生命的責任感**。那一棵蘋果樹已經長得又高又壯了。她的故事讓我們知道，學習不只是背誦，也不只是短期成效的追求，而是**要有長遠的眼光，使用五感才能學會的藝術**。

哈佛學生的父母所重視的，家庭學習三大原則

透過ＳＩＪ，五年當中，我總共收到好幾百封哈佛學生的履歷表和短篇作文。通過書面資料篩選、進行面試的學生大概有一百名，而跟ＳＩＪ一起參加活動的，五年總共有五十名左右。

百分之九十九的哈佛學生表示：**「家庭是學習的基本，父母親是學習過程中的第一位老師，多虧有父母以及兄弟姊妹，才有現在的我。」**

哈佛學生覺得父母為他們所做的，有三件事是最重要的。

❶ 父母會鼓勵他們去挑戰，即使遇到從未接觸過的事物，也會告訴他們「失敗也沒關係」。成功的話，父母會從旁引導，讓他們產生更大的興趣，變得更喜歡。接著，他們會很努力地去學習，等到上手之後，得到讚美，讓他們更有動力地進行下去，最後使這項興趣成為自己擅長的技能。

❷ 思想開明＝願意接受新想法的態度，也學習聆聽不同的意見，讓他們學會尊重他人。這些都是成為領袖的基本特質。

❸ 父母沒說過「去讀書」、「去寫功課」或是「快去練習」這類的話。透過各種體驗來學習，讓孩子產生「讀書的樂趣」。父母會與孩子一起討論作業，而運動和音樂的練習則是在旁邊陪著。

有沒有覺得這是一個開明、具備行動力、感情很好的家庭呢？

換句話說，**家庭融洽就等於成功了九成**。

再加上這三個技巧，那麼要做到「在家鍛鍊一流的英語能力」就一點也不困難了。

支撐一流英語能力的三種力量

「一流英語能力」究竟是什麼呢？

我的定義是，能夠使用英文從全世界**「收集資訊」**的能力，或是使用英文**「分享資訊」**到全世界的能力，又或者是使用英文**「創造價值」**的能力。

收集能力

目前所有公開的網路平台，差不多有百分之五十一・九是英文網站，日文的網站大概只有百分之五・六（來自 World Wide Web Technology Surveys 二〇一七年四月六日的資料）。

比起只懂日文的人，看得懂英文的人能獲得**十倍以上的資訊**。

同時，以英語為母語的人口，大約在全球七十三億的總人口中占了四億，而將英語當作共同語言或第二外國語的，全球大約有十七億人，總計有二十一億五千萬人在日常生活中是講英語的。而且在國際活動及會議上，英語也是不可或缺的溝通語言。

分享能力

人類使用語言，是為了在工作時能夠與其他人溝通。

讓別人知道你的想法，表明要做出什麼決定，或是將工作內容傳達給其他人知道等等，這些都需要用到語言。

整合多數人的意見，作出反饋，進行交涉，再做出決定。

除了須具備絕佳的語言能力外，同時也要有一顆**堅韌又寬容**的心。

使用英文從全世界收集到大量需要的資訊後，接下來，要如何將這些資訊、自己的想法、意見等與更多人共享，然後相互切磋，這同樣也是非常重要的。

創造價值力

但要是沒有可分享的內容，那溝通也不可能成立。

希望肩負未來的孩子們，可以在這劃時代的社會中，成為能與他人共同分享、對社會有價值的人。然後在專長領域裡，能夠出人頭地，且在努力的期間要隨時反問自己，努力的結果真的對社會大眾有貢獻嗎？然後和世界上的其他人，共同創造出有用的價值。

在父母親這一代，所謂的英文，指的就是「考試用英文」，英文文法、英文翻譯，因此或許會對「收集、分享、創造」的英文感到疑惑。

但是因為技術發達，世界顯得越來越小，所以孩子們必須要會使用英文來表現自己。因此要能寫出表達自我的英文作文，並且學會用創意的方式，將豐富的內容表達出來。

即使有此認知，卻因為市面上的英語教室、教材實在太多，不知道什麼才是最適當的學習方法。再加上經濟考量，大部分父母不知道該讓孩子從幾歲開始學習，也不知從何開始。

利用圖卡跟字卡，以「遊戲」方式磨練英文作文能力

別擔心，我先舉自己班上的例子。

小五的M君，每週一次到我班上學英文，只花了一年的時間，就**通過英檢三級**（國中畢業程度）了。

M君在家學習的狀況大概是這樣的（請參考下一頁）。

英檢三級的考試內容，包括了英語面試。

在日本語環境中，很難有用英語說話的機會，所以M君媽媽從考古題中，將**會話練習用的圖卡**裁剪下來。

然後**善用圖卡和字卡練習，她在卡片的正面，用日文寫上有關圖畫的說明，並且在背面標註英文**。

正面是「男孩穿著藍色T恤」（圖1），背面寫了「The boy wears a blue T-shirt」（圖2）。

像在玩遊戲似的，將字卡分散、擺放在圖卡的四周。

讓M君把所有卡片的日文先快速看過一遍，然後從比較簡單、大概知道英文內容的字卡開始，一張張地拿起來。

每拿起一張，先把日文唸出來，然後翻到背面，再把英文唸出來。這樣重複三次，應該就能把英文全部背起來了。等到完全記住，不看背面的英文提示，直接將英文背出來。正確的話，就可以把字卡拿走。如果一次有好幾個人練習，那麼拿走最多卡片的人獲勝。大家一起比賽會更有意思的。

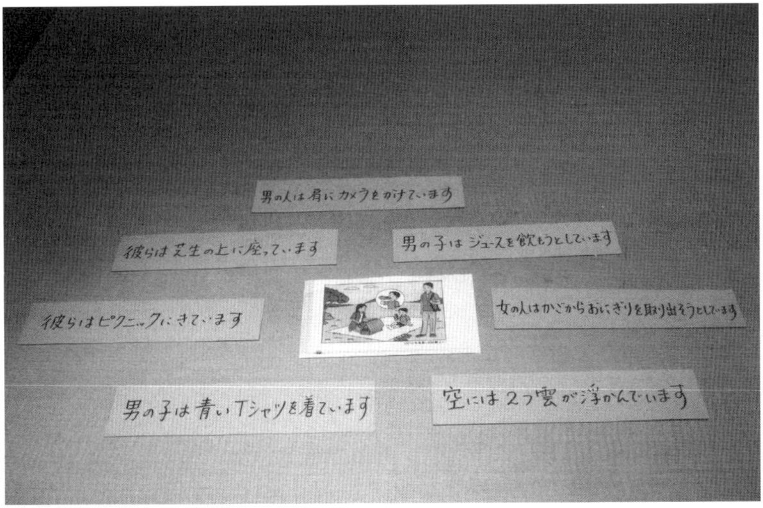

圖 1　善用圖卡跟字卡：「日文面」。

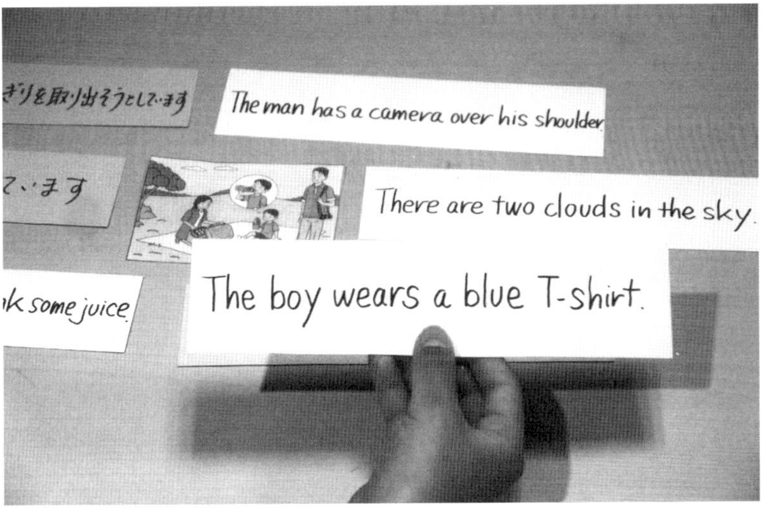

圖 2　善用圖卡跟字卡：「英文面」。

目前M君以英檢準二級（高中中級程度）為目標，所以需要練習英文作文。但每週出的英文作文，連對名門高中的學生來說，都相當的困難。

M君的媽媽下了這樣的工夫。

這週的作文題目是「If you could pick any superpower, what would it be and why？」（你想擁有哪一種超能力？為什麼？）。

以文法來說，要使用過去假設（當然那是不可能發生的）。

在我的班上，雖然不會教學生文法，但他們學習的文法程度卻超越高中三年所學的，所以M君當然不知道自己寫的作文有高中中級程度。

M君是這樣學英文作文的。

首先，他把我和哈佛學生編寫的例句（請參考47頁最上方）背起來。

我經常告訴學生：**「只要把一百種英語自我介紹記熟，即使遇到剛認識的人，也能夠輕鬆對話。」**

【我與哈佛學生編寫的例句】

If I could pick any superpower, it would be to be able to fly. My superpower would be useful because I could save people like Superman does. Also, I would be able to fly anywhere I wanted to. For example, I would go to Hawaii. That is why I would choose flying as my superpower.

【克漏字表格】

If I could pick any superpower, it would be to be able to __________ __________.

My superpower would be useful because I could __________.

Also, I would be able to __________.

For example, I would __________.

That is why I would choose __________ as my superpower.

【翻譯】

我想要擁有翱翔天際的超能力。因為想跟超人一樣，飛到各處幫助有困難的人，而且也能飛到想去的地方，像是夏威夷等。所以我選擇飛翔這一種超能力。

M君開始背例句。就算沒辦法百分之百寫出來，只要把它背起來，之後表現出來的就是屬於自己的。

一般的日本公立小學三年級的學生是不可能寫得出來，但只要把它背起來，再從嘴巴說出來，慢慢地就能學到英文的表現方法了。這樣不是很棒嗎？

接著，使用英文克漏字表格（請參考47頁），用自己想表達的方式來填空。

開始寫英文作文，有**「九成以上靠背誦」**。

M君母親所做的，就是**利用零碎時間的白板學習**。

她買了英文作文用的小白板，放在書桌上（圖3）。

我曾說過：**「記憶力不好的人，可以用螢光筆將每篇文章的標題標出來，光去背這些標題，應該比較容易記起來。」**M君的母親從這些話得到靈感，她在白板寫上**三段文章最前面的部分，讓M君每天背一次**。

或許是因為這樣，M君的英文作文進步得相當神速。

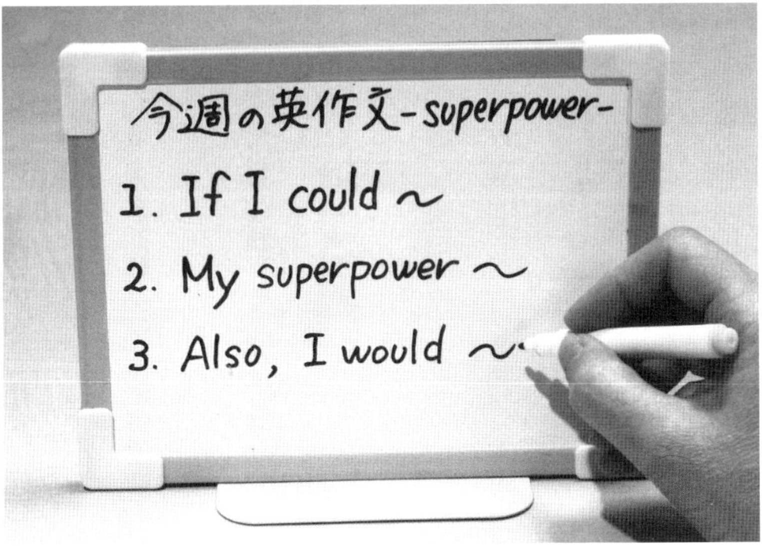

圖 3　英文作文用的小白板。

在一年內就看到了相當大的成果，而M君的媽媽為了獎勵他，送他喜歡的禮物。

其中之一，就是**《哆啦A夢》的英文版漫畫**。

媽媽應該是希望喜歡哆啦A夢的M君，能夠邊看漫畫邊學英文吧！

另一份禮物是，《哈利波特》與《向達倫大冒險》的英文版。因為M君讀過這兩本書的日文版，而且非常喜歡，希望自己有一天能讀原文，所以媽媽才送他這份禮物。

絕不強迫，也不命令孩子「去

做○○」，而是讓孩子自己想讀，想要學習，營造出這樣的環境才是具備一流英語的捷徑。

當然，**良好的親子關係是最重要的。**

越南高中入學考試的題目要比日本難

介紹過即使是小學生也能在一年內具備高中中級程度英文能力的案例後，我們似乎也該從國際的角度，思考日本學校的英文教育現況。

大家聽到越南，或許只想到它是一個亞洲的新興國家吧。但其實還有另一個令人震驚的真相。那就是越南高中入學考試的英文題目，要比日本的難上好幾倍。

二〇一六年，大分縣的公立高中入學考試，出了這樣的英文作文題目（由作者翻譯，名詞有稍許變更，請參考51頁）。

【大分縣公立高中入學考試題目（二〇一六年）】

【問題一：英文作文】

__________ 可以填入什麼呢？

請寫一句至少有四個英文字彙的句子。

A：May I help you？

B：How can I get to Oita station？

A：________________.

B：Oh, you are so kind!

A：We've arrived!

B：Thank you very much.

（翻譯）

A：請問有什麼事呢？

B：我想去大分車站。

A：____________。

B：你人真是太好了。

A：到囉！

B：謝謝你！

【問題二：聽解】

請聽題目的描述，並從❶～❹的插圖中選出 X 物品。

(1) Taro will go shopping with his friends and take X, because it will rain this afternoon.

Q : What will Taro take this afternoon ?

（翻譯）

(1) 太郎要跟朋友去逛街，因為下午會下雨，所以會帶 X 出門。

問：太郎會帶什麼出門呢？

❶ 

❷ 

❸ 

❹ 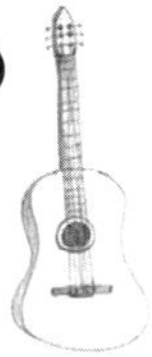

各位有何看法？從國中一年級就開始學英文，而這是學了三年後所考的英文題目。

問題一的標準答案是「Let's go there together.」（我帶你去吧）。

故事發展太唐突了吧！

包含解答在內，至少應該要這麼寫。

「It's very close. Shall I show you the way？」（車站離這裡很近，讓我帶你去吧）。

讓人更驚訝的是問題二的聽力問題，這就更簡單了（請參考52頁）。

問題二的答案當然就是「❶」的雨傘。

我再強調一次，這是公立高中的入學考試題目。

問題之簡單，讓我非常震驚。除了問題太過簡單外，選擇項目竟然不是用文字，而是用「圖畫」。

就算是將來預計要廢止的大學入學統一測驗的聽力問題，也有好幾題是要考生選擇圖畫的。這真是太誇張了。

接著我們來看看越南高中的入學考題。為方便各位比較，所有考題都已經翻譯過。

【越南的高中入學題目】

【問題】從 A ～ D 的選項中選出正確的答案。

(1) Hundreds of people in the hardest-hit zone are at ________of disease unless a tsunami-level aid effort is mobilized.

A. threat **B.** menace **C.** risk **D.** danger

除了持續進行海嘯等級的救援活動外，也要擔心居住在最大受災區的數百名災民的健康問題。

(2) Climate change and rising global food prices, which are__________ all people, are at the top of the agenda.

A. a cause for concerns to **B.** of concern to

C. alarm bells from **D.** a cause for alarm at

氣候變化以及全世界糧食價格上漲，這是許多人所關心且熱烈討論的重要議題。

(3) Anti-terrorism forces were ________ full alert during the Olympic Games.

A. in **B.** under **C.** on **D.** at

在奧林匹克舉辦期間，反恐部隊嚴陣以待。

解答：(1) C (2) B (3) C

越南高中入學考試的英文題目，不論是在單字數或難易程度皆遠超過日本，差不多有日本大學入學考的水準。

而且，挑選的英文內容也大大的不同。從入學考題可以看出越南政府是以「國家繁榮決定於教育」為基本方針，全心投入孩子的教育，並將國家的未來寄託在他們身上。

以培養能進行日常會話、具有溝通能力為目標的日本，與希望培養孩子具備理解有意義的資料，並且能共同分享，最後再找出解決對策的越南相比，在對「一流英語能力」的認知上有相當大的差異。

大分縣的大學，也有許多來自越南的留學生，不但擅長英語，電腦方面也相當精通。

各位的孩子，將來是要跟這些亞洲年輕人一起工作的喔。現在可不能悠悠哉哉的吧！

國家有心改變學校的英文教育

在國際競爭劇烈的全球環境中，日本的英文教育不得不作改變。

二〇一六年八月，發表了新學習指導要領。

根據新學習指導要領，日本小學將在二〇二〇年全面實施英文課程，從二〇一八年開始階段性地進行（國中預計從二〇二一年，高中則是二〇二二年全面實施）。

培養新時代所必備的「生存力」有三個重點。

❶學習能夠活用的知識、技能。

❷培養面對未知狀況也能順利應對的思考力、判斷力以及表現力。

❸將所學用於自我人生以及社會，並培養學習的能力，成為一個有涵養的人。

捨棄過去重視背誦、考試分數的方式，採取「自主性、對話式等深度學習」（主

培養新時代所需的「生存力」三個重點

學習能夠活用的
知識、技能

培養面對未知狀況
也能順利應對的
思考力、判斷力、表現力

將所學用於人生與社會
培養學習的能力
成為有涵養的人

動學習法）的授課。

不久的將來，學校英文教學會有重大的改變。最重要的，就是之前重視的文法型考試，會變成強調英文的實用，也就是需要學會**「聽、說、讀、寫」這四項技能**。

現行的「大學入學統一測驗」將會廢止，並且會導入新的考試模式。而修正後的英文考試，將不再只重視「讀」跟「寫」，另外「聽」、「說」能力也將列入評定項目。

「國中英文就從國中再開始學。」

「大學考試則在進入高中後再開始準備就好了。」

「我家小朋友還小，大學考試對他還太遙

遠了。」

這可是很嚴重的誤解喔！

因為這次所有的學科，都是以**「從幼兒教育到高等教育，都有相同的教育目標，並且講求教育內容的一貫性」**為修改基本原則。

也就是說，不論是小學所學的英文，或是國中、高中學的英文，都像是走在同一條軌道上的列車。而這條軌道則是通往未來的方向。

世界通用的英文，本來就沒有「日本國中用英文」、「日本考試用英文」、「○○大學入學考用英文」這些分類。

小學三年級的「外國語活動」，以及小五的「正規教學」，其實有著很大的問題！

小學三到四年級，每年都有三十五個小時的「外國語活動」這門課，而小學五

至六年級，英語列入正規課程的「外國語」，每年有七十個小時的上課時數。

也就是說，從二〇二〇年起，小學三年級每年會有三十五個小時的外國語活動，而五年級開始每年會有七十個小時的英語課。

小學的英語學習提早了。

學習要趁早，這種想法真是太讚了——事實也的確如此。

只不過，事情絕不是這麼簡單。

值得注意的是，在小學讀英文的這四年當中，孩子可以**學到的英文是相當少的**。

在新學習指導要領中，小學四年所學的英文單字量，大約是六百個。這跟目前在國中一年級所記的單字量是一樣的。

也就是說，**四年只教了「國中一年的單字量」**。

目前的教材，也就是「國中一年份的英文」，相當輕薄，想到用小學寶貴的四年來打如此不厚實的基礎——真是太可惜了。

再加上，活動目標的範圍太廣泛了。不但要尊重文化的多樣性，而且也要培養說話時顧及他人，以及讀寫無礙的這些溝通的基礎。

不過如果只知道 apple、park、police、station 這種程度的單字，應該不可能做到「顧及到文化多樣性的溝通」吧！

之所以會這樣，我想最主要的原因應該是**「沒有適合十二歲以下孩童的英文教授法」**吧！

降低英文學習年齡是可以的，但卻沒有人知道，要教年紀小的孩子什麼內容，以及該如何去教。

所以才會直接拿國中英文來教小學生吧！

做出這種決定，我想應該是「孩子的年紀還小」這種根深蒂固的錯誤想法吧——「小孩還小，能在這四年學國中一年級的六百到七百個單字，做好進入國中的準備就夠了。」

今後在學校該如何教英文呢？

另外，為配合這種重大改變，全國需要好幾萬名的英文教師，而把接受過文法中心教育的成人，在短期間內訓練成能教學生英文「聽說讀寫」四種技能的老師是很困難的。

我們不難想像，會用什麼方式來上這四年的英文課。

- 將單字換成圖畫，利用圖畫來記單字。
- 以熟悉字母為目標，那麼即使是對英文沒有自信的老師，也能正確地花許多時間來教「羅馬字」。
- 再用四年的時間，學會像 apple、park、police、station 這種只要兩三個月就能記住的六百個單字，然後再整齊漂亮地抄寫在筆記本上。
- 以文法為中心，花（消磨）時間進行紙本測驗。

- 將測驗錯誤的部分挑出，因為「還沒背熟」，所以讓學生不斷地複習。
- 偶爾會請外師（外國人）上課，進行在四年中都沒太大變化的對話，比如「你好嗎？」、「今天天氣如何？」、「現在幾點？」、「喜歡的動物是什麼？」等。

各位有何想法？
是不是開始感到不安了呢？
本書所介紹的「教十二歲以下孩子學習英文的方法」，任何人都能學會。
不只是一般家庭，也非常希望數萬名即將到學校教英文的老師能嘗試看看。

連國小三年級、國小一年級也沒問題！「演英文課這齣戲」＆「活動式小白板」

預計在小三到小六這四年學會的六百個英文單字（等同英檢五級，國中初級程度），M妹（小三）和S君（小一）姊弟則是在家裡自行學習，效果不錯，而且方法也十分有趣。

他們把家裡的一個房間布置成英文教室，然後姊弟倆把上英文課的情形演給媽媽看，我稱這個非常棒的想法叫**「演英文課這齣戲」**（圖4）。

兩人在教室上了七次課，就具備國中初級程度（英檢五級）。詢問母親後知道，我每週出的一百個英文單字作業，**M妹一天就能唸完一百個單字**。

另外，在**能夠移動的「活動式小白板」**（圖5）上面，會貼上該週的作業，M妹當老師，S君當學生，寒假的時候，他們會輪流出題目來考對方。有時候母親也會加入，當老師或是學生，一家人都樂在其中。

在我的班上，即使是沒學過英文的孩子，第一次上課時也會讓他唸高中一年級程度的英文繪本。

閱讀繪本的時候，會讓學生邊聽英語朗讀、邊閱讀文字，第四次上課就讓他們

圖 4　在布置成英文教室的房間中，進行「演英文課這齣戲」的練習，印象會很深刻。

圖 5　移動式的「活動小白板」可隨時搬到需要的地方。

背一整本或是一個章節。

為了加強他們的學習動力，M妹和S君的母親會**把姊弟背誦的聲音錄起來**，讓他們背完後能馬上確認自己的發音。

他們的母親說：**「手拿麥克風時的表情完全不一樣，不像日本人呢！」**

沒錯！孩子有無限的可能！

家庭學習應該注意的有下列五點。我經常在教室跟研討會上提醒家長，M妹跟S君的媽媽幾乎都做到了。

- **要是孩子中途有停頓，也不用在意，繼續讓他唸下去。**
- **會不知道孩子是否有在讀，所以可以一起指著文字讀。**
- **不去確認是不是學會了。**
- **不拖泥帶水，要規定時間。**
- **適當就可以。**

其它還有：

「上了好幾年的兒童英語教室，卻沒有讀過英文文章、也沒有寫過英文作文的孩子，只上了一年，他們的英文背誦及英文作文就進步這麼多，非常開心。」

「每天抄寫好幾遍的 fruit 或是 lion，孩子覺得很厭煩。上了五年，卻連一個句子也看不懂。聽其他媽媽說：『廣津老師在研討會上說過，在家自己背單字，很快就能考過英檢五級了；讓孩子在家裡實踐這個方法後，只是在家背誦就能通過英檢三級（國中畢業程度）。』因此我馬上讓孩子背單字，**沒想到三週就考過英檢三級**了。太感謝了！」

聽到這麼多好消息，真是太開心了！

二〇二〇年，國小的英文教育將有很大的改變，但如果只是用四年來學國中一年的六百個單字就太可惜了。

在我的班上，有一個國小二年級的強者，**原本不喜歡背東西，但他現在能夠背**

四千個單字。

接下來我會介紹，第四章的「一天五分鐘，輕鬆背英文單字」，以及第五章的「超級看字讀音法」。邀請全家一起來學英文吧！

「英檢三級・準二級」也考英文作文！英語四技能備受重視

不管是大人還是小孩，甚至是居住在國外的日本人都重視的「英檢」，在二〇一七年時，**三級跟準二級的第一次測驗首次加入英文作文的題目**。調整考試制度，對報考這兩種等級的人來說，影響相當大。

受到全球化的衝擊，英語四技能「聽、說、讀、寫」逐漸受到重視，我們不得不去正視這樣的趨勢。

在我班上，或是在SIJ，也拚命地讓學生練習英文作文。

從國小低年級到高中生，每週都會讓學生寫一篇英文作文，然後背起來。這樣一年大概就能記住五十篇的英文短文了。

而成果就是，**國小班也可以上英檢準一級的課**。

並不是把它當作要考英檢的課，而只是**背單字以及加強英文作文**。

書寫之前，先要「閱讀」。

如果不是親身經歷，沒有實際例子可舉，也沒做過調查的文章，根本不可能吸引人閱讀。

確實地閱讀，認真地書寫——這就是「二〇二〇年英語改革」。將來，不論是面對英檢還是大學入學的英語問題，都必須掌握英語四技能才行。

這本書適用於英檢、ＴＯＥＦＬ®（Test of English as a Foreign Language，簡稱ＴＯＥＦＬ，以非英語系民眾為對象的國際英文能力測驗）等語言資格考試，以及今後的大學入學考試。

英文的「讀、寫」要從幾歲開始呢？研究兩百名哈佛學生的結果

我常常想，**「孩子是國家未來的主人翁」**。

在孩子的眼中，現在的世界是「不懂未來的自己，一個有著落後文明的世界」。孩子所居住的未來世界，是不用文字來溝通，而且也能正確預測天氣，說不定還能在外太空建蓋房子。

不了解目前地球結構的他們，想早點了解這個文明落後的世界，要是不這麼做，就無法真正地去欣賞它。

要讓孩子了解我們的文明，就需要將大人們現在所使用的文字、算式、藝術、電腦等「符號」，耐心地解釋給孩子了解，讓他們全心投入這包羅萬象的世界。

雖然有人認為，太早讓孩子接觸文字會妨礙他們的想像力，但我卻相信，**接觸文字反而能讓孩子發揮更豐富的想像**。

我女兒 Sumire 也是從兩歲就開始閱讀日文以及英文的書。

我會在平假名的繪本上面，貼上改寫成漢字的紙。

因為全部都是平假名反而不方便閱讀（刻意寫成平假名的詩詞則另當別論）。

現在也會想起，那時候開心地讀著《田鼠古利和古拉》（福音館書店）、「小熊」系列（小熊社）、及英文書「*Maisy*」系列（Walker Books）、《*The Very Hungry Caterpillar*》（Philomel Books）、《*Goodnight Moon*》（Two Hoots）的女兒 Sumire。

這次進行的兩百名哈佛學生的研究中，也發現這些學生接觸文字的時間很早。

尤其他們是**二到三歲就開始讀繪本**。而且跟 Sumire 一樣，不是由父母讀給孩子聽，而是要**孩子讀給父母聽**。

參與研究的哈佛學生都認為，**閱讀是非常重要的**。

因此，只要家庭條件允許，那麼不管幾歲都能開始學英文「閱讀」的。

對握筆不太能出力的孩子來說，「書寫」需要很長的時間，會覺得很痛苦吧，所以最好是國小之後再開始。

智慧型手機的功能相當發達，**建議可以把孩子的讀音跟背誦的聲音錄下來，給他們些許緊張感，就像正式站上演講台一樣。**

大人的偏見粉碎孩子的可能性

或許是日本人覺得英文非常困難，所以要到國中一年級才讓學生讀英文。

這跟其它國家非常不同。

非常可惜，認為十二歲以下的兒童都很小，所以只讓他們看一些水果、動物的圖片，教他們如何發音。用日文口音教他們 elephant 或 apple 等，實在太糟糕了。

比如，讓孩子看裝水的杯子，教他們說 water，但就連像是：

「Can I have a glass of water？」（請給我一杯水。）

「Sure, Here you are.」（好的，請用。）

這種程度的句子都不教孩子。

「文字對孩子來講太難了」、「他們不可能會的」等，這些大人們的偏見會阻礙孩子對文字的好奇心。

讓孩子在家多讀一些文字吧！

每一個孩子都有無限的可能！

拋開英語「流利」的信仰吧！

為何日本人只會羨慕別人講得一口流利的英語，卻不設法讓自己達到那樣的程度呢？

我從活躍於日本及德國的多和田葉子女士的著作《逃離母語，以母語外的語言書寫》（岩波書店）中，摘錄下面的內容：

日本人在接觸外國語時，通常不會思考那個語言對自己來說，究竟具有什麼樣的意義就去學習。這樣就只剩下厲害或不厲害的問題了。（略）老實說，要評斷優劣的權威並不是自己，而是某個「其他更厲害的人」。那位權威在日本是抽象化的「西方人」，會來決定自己所說的語言是否「厲害」。

日本人羨慕的「流利英語」，應該是指英語說得「像西方人」。

但那只能是「幻想」，不可能達到的。

英語要講得流利，說不定連英語圈的西方人也未必辦得到。

因為內向的西方人也很難流利地溝通吧。這樣的話，能說流利英語的人就必須要是：

- 有溝通能力。
- 具社交性，思想開明。
- 對所談論的話題相當熟悉。

・擅長聆聽別人的意見。
・完美地表現自我。
・讓談話不會冷場。

這才是真正會說「流利英語」的人。

像池上彰先生，因為把成為像西方人那樣能夠說流利英語的「稀有」人種設為目標，所以才永遠無法「說得一口流利的英語」。

能說一口道地日語的全國高中生，也無法輕鬆回答東大入學考試的國文題目吧，更何況是其它國家的語言，英文聽說讀寫要樣樣精通，那簡直像是天方夜譚。

就算講得一口流利的英語，也未必所有本國人都能閱讀內容艱深的書籍，或擅長公開發表，當然也未必都能進入頂尖學校。

因為如此，我們才要求孩子具備「說」以外的其它能力。

日本人必須盡早擺脫「對流利英語的信仰」。

問題不在於是否流利，而是講的內容。

親子共學英文的時代

在全日本，**「適合十二歲以下孩子的英文教授方法」並不存在**。

讓國小學生去學以文法為中心的國中英文，好像也是不得已的。

雖然日本文部科學省預計在二〇二〇年進行英文改革，但連負責教學的老師都覺得有問題了，很難馬上就「開始實施」吧！

教育現場出現混亂，**受害最深的應該就是孩子們了**。

既然有學習英文這個世界共通語言的方法，如果不好好活用就太可惜了吧？父母也更應該從旁協助這個剛開始的階段。

就算父母不喜歡英文，但只要按照本書教的方法做，也可以培養出真正的英文能力。別忘了，父母是孩子們的第一位老師。

父母是否喜歡英文，並不會影響孩子的英文能力。

請務必相信孩子的可能性。

從現在起，英語學習不是由學校，而應該是從家庭開始。

而且如果能盡早開始，孩子也比較容易養成學習的習慣。

家長有時會陪著孩子來上課，他們會一臉正經地問：「老師，有沒有功課？回家要背單字嗎？」

光是在學校或補習班，是絕對沒辦法學好語言的，如果不每天都鍛鍊英語四技能的話，很快就會忘記的。

想要擁有創造未來的資質與能力，**最好的方法就是擁有「一流英語力」**。

CHAPTER 2

用顛覆常識的英文
進行育兒之完全手冊

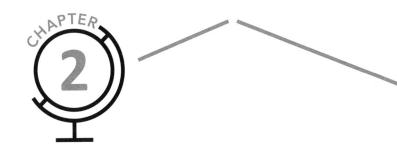

家庭和樂，讓孩子充滿熱情

這是第一次公開「用顛覆常識的英文育兒之完全手冊」。

世界充滿了環境破壞、自然災害、國際紛爭等各種問題。

家庭也是，孩子的發育、升學，英文教育制度的改變，以及入學考試等，問題也是堆積如山。

但請仔細想想！

從宇宙看地球，地球是十分安定的星球。有著藍色海洋的星球，實在很難想像每天都有許多不好的事情在發生。

泰山崩於前而色不變，用平常心以及寬大的胸懷來對待我們的孩子吧！

如果太執著於細微末節，或許會覺得有一堆問題，但退後一步，靜下心來，就可以發現孩子其實有如地球般的平靜穩定。

不需要焦躁、緊張，各位家長請放鬆心情來教育我們的孩子。

然後，未來就交給孩子自己吧！

就算在你離開之後，各位的孩子也能用那小身軀肩負起未來的。

就算對承擔著未來的孩子心存感謝，但還是常會為了讀書，以及生活態度而生氣。當家庭出現問題時，一定也會影響到孩子的。**父母要重新審視自己，以及創造一個和樂融融的家庭**，這兩件事情是很重要的。這句話也是說給我自己聽的。

每天都要抱抱孩子，說「好喜歡你」，然後讚美他。

增加肢體接觸，摸摸頭，抱抱孩子。看著他的眼睛說話，每天都跟孩子說「喜歡你」。當孩子做得好的時候，就要讚美鼓勵他。

讓孩子充滿熱情

喜歡的事情就算要他「不要做」也阻止不了。所謂學習自立，就是按下孩子「自由去做的開關」。就像34頁介紹的，喜歡大自然的哈佛學生傑夫一樣。

因此，我們要幫助孩子找到喜歡的，以及只有自己才能做到的事情。

短期目標及長期目標為何重要？

家庭必須協助孩子**設定大目標（長期），以及小目標（短期）**。

大目標是「讓自己幸福，以及讓周遭的人幸福」，這需要長時間才能實現。**尊重他人，做一個對社會有貢獻的人。至少要有兩件願意投入的事情**，並且找到長大後也能繼續做的事。

小目標則是「參加學校作文比賽得獎」、「馬拉松可以全程跑完」、「參加全國鋼琴比賽」、「國中畢業之前能完成『世界醫療差異』的調查報告」、「在SIJ詢問哈佛學生考上哈佛的五個訣竅」等，短時間就會有結果的目標。

像這樣，以**這兩個觀點**為出發點，孩子應該就不會有「今天的功課好多」、「這個明天再做好了」、「討厭那個人，無視他好了」等想法了。因為**孩子只會向前看，**

迎接光明的未來。

嘗試讓孩子了解這個想法吧！

不必學文法的理由

「媽咪，文法是什麼啊？」

這是從小六開始就到我班上學英文、**花了八個月就考過英檢三級**（國中畢業程度）的G君（現在國一），回家之後問母親的問題。

應該是在上國中英文課時第一次聽到「文法」這個詞彙，於是回家問母親。

由此可知，在我班上是**完全不教文法**的。

因為根本不需要，學了**反而會妨礙學習**。

我遵守的不變原則就是**「背」**。

當然，在家學的時候也必須遵守這個原則。不論是單字或問題集的答案，都要

背很多東西。

不知道單字的意思，根本沒辦法閱讀，所以一定要背很多的單字才可以。

不用分析文法或是架構，整個背下來就對了。

但重要的是，在背的時候要**「看字讀音」**，這後面我們會介紹。

另外，在問題集經常看到的克漏字題目，也是在看了答案後全部背起來。

在學校學英文文法時，每讀一段文章就會「這是be動詞，所以是……」或「這是關係代名詞，所以……」，用文法來「分解」文章、說明文章的構造。

這是為了方便讓考生在「測驗時分辨對錯」，大人們自以為是的教法。

比起用複雜的方法去理解簡單的事情，不如大量地把英文記起來。

這是學習英文的基本。

大量背英文的時候，會連使用的文法與構造也一起記起來。

在不知道它是文法的情況下，自然就記住了。

真的想學文法，那就等年紀稍微大一點再學就好了。

翻譯也會妨礙英文能力的培養

不必特地去翻譯，這也會妨礙英文的學習。

學校在上英文課時，會將英文翻譯成日文。而且認為符合文法架構翻譯出來的成果就是「好」的。

這真是**錯得太離譜**了。

因為這樣會養成閱讀英文時用「日文來理解」的習慣。

不必按照文法來翻譯，只要懂單字的意思，就大概能知道文章的意思了。

只要大概懂英文的意思就OK了。

量重於質，請大量閱讀英文吧！

所謂的閱讀，就是用已具備的英文能力，大量閱讀自己感興趣的內容。

作為社會的一員，要隨時去關心問題，知道世界正在發生什麼事，閱讀講述到多樣化、環境問題、地政學、教育、文化等各方面議題的文章，那麼就算是小孩也能具備世界觀。

想精讀時（詳細閱讀、熟讀），就要安排閱讀時間，細細地品味文章，享受閱讀帶來的樂趣。這本書主要是介紹簡單翻閱就能掌握大致內容的基本「奇蹟學習法」。

不教、不考試、不去複習

在家學習英文的話，有不少父母會有「我沒辦法教」這樣先入為主的想法。

這一點都沒問題！**因為我的方法就是「不用教」**。

理由很簡單，這個方法基本上就只有**「背」跟「多讀」**，所以不需要父母親「教」。

大部分的父母都是以「傳統的學校方式」來學英文的，**要是用同一種方法來教孩子，反而會造成反效果**。

對於學習，一般人都會用考試來評估實力，然後錯的地方立刻複習。

但是，**我的做法卻完全相反**。

本來就不需要考試！會確認是不是有背起來，但不會有在乎對錯的測驗。如果每次遇到沒背起來的單字和英文就停下來，或是反覆去練習，那麼就很難有進度了。

我們所重視的，是即使不會或是錯誤，也不必太在意，而是繼續學習下去。別讓學習中斷，這會**讓學生有成就感，讓人更有自信**。

集中於短時間，享受小小成就感

「上課上越久，就越有效。」**這個想法是錯誤的。**

現在是講求**生產率**（一段時間內的成果）的時代。

特別是小孩子很容易感到厭煩，要是上課時間太長反而會有反效果。孩子學得有氣無力，還硬逼他去學的話，最後可能會討厭英文。

如果用我的方法，每一個主題大概只有**三到七分鐘**。

「一個主題結束後，好，接下來……」像這樣注重節奏跟速度，**一節七十五分鐘的課，大概可以分成七到八個主題。**

把主題細分，增加短期目標數，這樣一節課就可以感受**好幾次的成就感**。

不斷累積成就感，會增加孩子的自信以及學習動力。

這些做法都跟目前學校的英文課不同。

讀者當中，或許有人會覺得難以置信，但如果不徹底改變學習方法的話，孩子永遠無法學會能真正派上用場的英文。

把學習英文「完全託付」給學校和補習班的時代已經結束了。

在未來的時代裡，**家庭學習**才是學習英文的真正關鍵。

這是因為，只有在家裡才能實踐這顛覆傳統的學習方法。

Sumire 回想起在家學習，她這麼說：

「印象最深刻的就是**面試練習**了。剛滿四歲就考過英檢三級，那時候周遭的人之所以感到驚訝的理由，就是通過了英文面試這一關。不過對我來說，英文面試的練習有趣到不行。比如說，要先敲房門、說『May I come in？』的練習，會實際走到椅子前面，學習坐下來的禮儀，也會接到練習用的面試卡，實際模仿很好玩，就像真的在面試一樣。」

提高孩子學習動力的三種家庭環境

希望將學習英文的重心從學校轉移到家庭，應該有不少父母會不知道該怎麼做。

我建議有此困擾的父母，**不必親自去教，只要從旁協助就可以了**，而這就是家庭學習方法的重點。

那要如何從旁協助呢？

答案就是，盡量**「讓孩子有學習動力」**。

要如何讓玩心重、只有三分鐘熱度的孩子，產生「讀書囉」、「想再多背一點單字」、「讀英文好有趣喔」的學習慾望與動機呢？我想最重要的，就是要有一個讓孩子願意這麼做的「家庭環境」。

有助英文學習的環境，關鍵有三點：

- **安排能持續下去的環境。**
- **安排能進行會話的環境。**
- **要有能感到安心的環境。**

讓我逐項說明一下吧！

「活用牛奶盒內面」，創造一個能邊泡澡邊看字讀音的空間

方法再怎麼好，英文也不是一朝一夕就能學會的。

有點老調重彈，但不可否認的，**「持續性」**是相當重要的。

不過知易行難，尤其是對幼兒、幼稚園小朋友、或是國小學童來講，他們正值玩樂的時期，要做到就更難了。

「我家的孩子很容易感到厭煩，馬上就放棄了。」

「容易著迷，卻也很容易分心。」

——不少家長都有相同的煩惱吧！

但孩子並不是「對所有事情都只抱三分鐘熱度」。

比如，玩電視遊樂器的孩子。要是你不去管他，他會一直玩下去的。

就算你說「別再玩了」還是會繼續玩，對吧？別說會玩膩了，要他玩幾個小時、

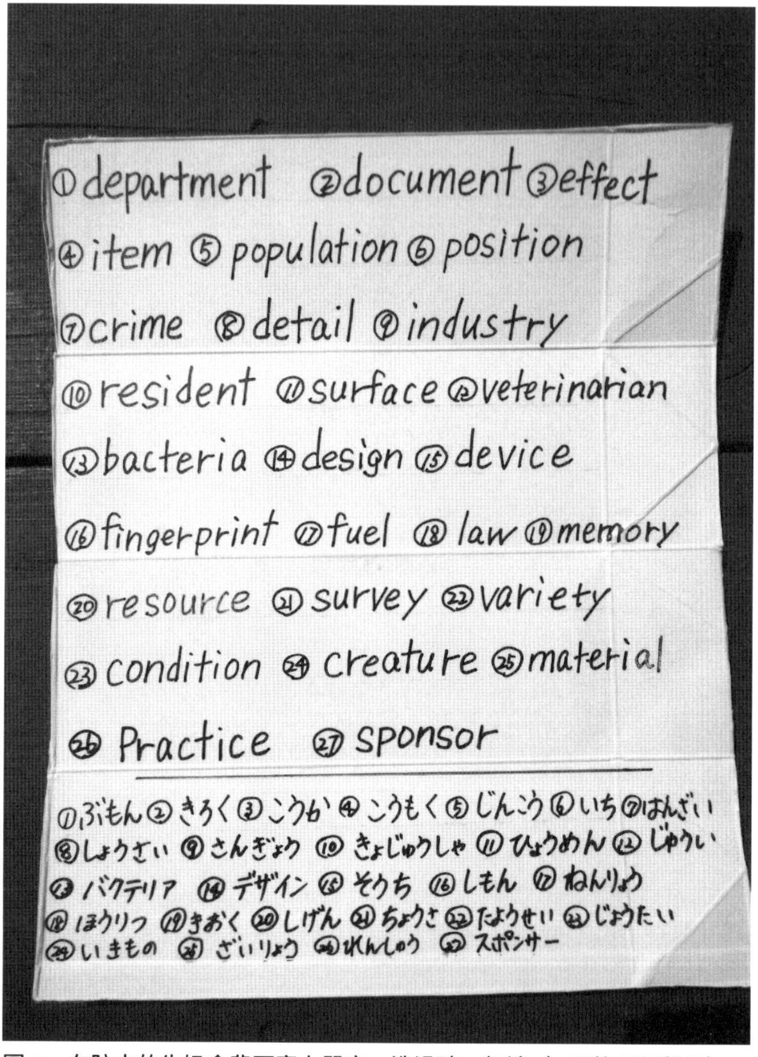
①department ②document ③effect
④item ⑤population ⑥position
⑦crime ⑧detail ⑨industry
⑩resident ⑪surface ⑫veterinarian
⑬bacteria ⑭design ⑮device
⑯fingerprint ⑰fuel ⑱law ⑲memory
⑳resource ㉑survey ㉒variety
㉓condition ㉔creature ㉕material
㉖Practice ㉗sponsor
①ぶもん ②きろく ③こうか ④こうもく ⑤じんこう ⑥いち ⑦はんざい
⑧しょうさい ⑨さんぎょう ⑩きょじゅうしゃ ⑪ひょうめん ⑫じゅうい
⑬バクテリア ⑭デザイン ⑮そうち ⑯しもん ⑰ねんりょう
⑱ほうりつ ⑲きおく ⑳しげん ㉑ちょうさ ㉒たようせい ㉓じょうたい
㉔いきもの ㉕ざいりょう ㉖れんしゅう ㉗スポンサー

圖 6　在防水的牛奶盒背面寫上單字，洗澡時一起讀（Y 君的母親製作）。

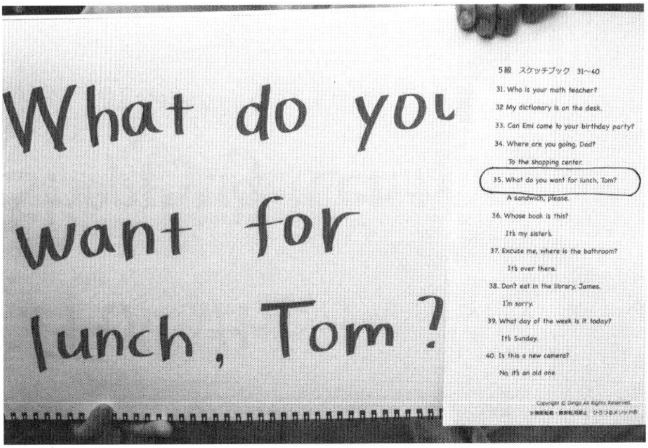

圖 7　字太小看不清楚，所以在百元商店買寫生簿，將字體放大、手寫在上面。問題用紅筆寫，回答用黑筆，這樣比較容易記住。

甚至幾天都沒問題呢！

只要讓孩子自己覺得學習英文是有趣的，並且使他們很快地養成習慣，持之以恆、堅持下去，這樣應該就可以了。

因此下工夫去製造出有利英文學習的環境，才是身為父母最重要的課題。

在我班上，也有不少學生的媽媽花了很多心思跟工夫。比如像是……

- **在防水加工過的牛奶盒背面寫上單字，在洗澡的時候，親子一起讀（圖6）。**
- **為了隨手就能拿到教材，在書房**

擺放磁鐵白板。

- **為了方便閱讀，自己把課題的字體放大，寫在白紙上。**

利用各種創意，讓孩子產生「好有趣」、「想學」的想法。

這些方法的共通之處，就是**父母也要抱著好玩的心態**。唯有如此，孩子才會真正相信「英文很有趣」。

這些家庭的孩子，英文能力確實變得比較好了。

使用便利貼的「小成就感」帶來大能量

接下來我要介紹的是，背單字或讀英文繪本的時候，活用**便利貼**的方法。

使用色彩鮮豔的便利貼，貼在要背的單字本範圍的第一頁與最後一頁。背好之後，就可以將寫有「把這些都背起來」的便利貼撕下來。

然後再貼出下一週要背的範圍，並且在便利貼頂端寫上今天的日期。**這樣做就會產生成就感。**

「哇，輕鬆了」、「全都背完了」的**「小成就感」**，是讓孩子持續下去的動力。

另外，**小成就感會讓孩子覺得「有趣」，而這也是鼓勵他們去做的動力。**

閱讀繪本也可以利用同樣的方法，**在下週預計讀的範圍的第一頁與最後一頁貼便利貼**。

這種類似儀式的約定，會讓任務更具有挑戰性。

只要集中注意力十分鐘！訣竅是在「開始厭煩前的一分鐘」結束

在家進行本書所介紹的課程時，不要拖拖拉拉，節奏快一點，每天只要集中學習十分鐘，**十分鐘一到就結束**。

如果孩子的狀況不佳，那麼**五分鐘結束也沒關係**。

不要等到孩子膩了才停止，而是在**「開始厭煩前的一分鐘」**就結束。

請母親自行決定這一分鐘的時間點。

不知道該如何去抓厭煩前的一分鐘的父母，請留意小孩子以下的反應：

玩手指頭、打哈欠、東張西望、不斷地抓頭、雙腳一直動等，當他的肢體出現這些壓力反應的瞬間，就是「厭煩前的一分鐘」了。

小四考過英檢二級、國一考過英檢三級的孩子之共同點

國一考過英檢三級的G君，以及**小四就考過英檢二級**的T君等，這些英文程度進步神速的孩子之間有一個**「共同點」**。

那就是**「家人之間經常聊天」**。

G君與T君的媽媽異口同聲地說：「就算我不開口問，孩子也會主動告訴我學校發生的事。」

接觸過三千名學生的我，也有深刻的體會。通常英文較強的孩子，或是容易上手的孩子，**大部分都很喜歡講話，跟別人聊天**。

我想喜歡用日語說話的孩子，就算只能用英語，也會很愛說話吧！

學習英語，其實就是取得溝通的「工具」。「希望表達出來」的強度，將會成為學習英語的動力，也因此喜歡溝通的人學得比較快。

並不需要規定孩子在家要說英語，**平常用日語就可以了**。

學校發生的事、朋友的事、或是看電視的感想、喜歡吃的東西等，任何內容都沒關係。**重點只有一個，就是百分之百地肯定孩子，並且無條件地支持他們。**

表現「我無條件地支持你」的方法有五種：

❶面帶微笑。
❷學會聆聽。
❸別去指責，或是打斷對話。
❹別感情用事，控制自己的表情與態度。
❺最重要的是，**在肯定孩子之前，父母親也要百分之百地肯定自己**。

這樣的話，孩子就能敞開心房，喜歡跟父母聊天了。

除了對提升英語能力有幫助，家人間的談話時間也會增加。

透過每天的親子對話，英語詞彙也會不斷累積，這樣孩子學會的單字量就相當豐富了。

讓孩子喜歡的「魔法動作」

要讓孩子想學，那麼就要讓他產生「下一次也要努力」，以及「自己也能做到」的自信心。而**「魔法動作」**可能辦得到。

其實魔法動作就是**「讚美」**。

孩子最喜歡爸爸和媽媽了。沒有什麼比被最喜歡的人稱讚「好棒喔」、「做得好」更讓人高興了。

「你有聽話，把玩具收拾乾淨。」、「每天都記得刷牙，很棒喔！」即便是枝微末節的小事，能被父母讚美、認同，對孩子來說，就是一次「自己做到了」的成功經歷。

當小成功不斷地累積，孩子就會產生「自己也辦得到，還可以做得更好」的自信。

孩子越有自信就越有動力去做。這個被稱讚的成功經驗將會按下學習動力的開關，孩子會不斷成長的。

以每天記二十個單字為目標，最後孩子只記住了八個單字，那麼請問：用「好棒喔，背了八個單字耶」來稱讚孩子，還是用「怎麼還有十二個沒背起來」來負面指責，哪一句話會讓孩子願意繼續努力呢？如果是後者，這麼做會讓孩子心裡留下「做不到」的陰影，豈不是賠了夫人又折兵？

只要去讚美他，那即使只記住八個也會是一次成功的經歷。這樣八個會增加到十個，然後是十五個，最後應該就能記住六百個單字了。

想被媽媽注意，想被媽媽稱讚，希望有人讚美自己「好厲害喔」。對小孩子來說，這些想法能成為繼續努力的動力來源。

所以身為父母，要多去稱讚孩子。請發現孩子的優點，大方地去讚美他們吧！

或許有些父母會擔心，過度稱讚反而會讓孩子變得自我感覺良好，但請不必太過憂慮，請相信身為父母的感覺吧！

試著完全去肯定孩子，這樣連父母的心也會改變的。

然後，或許這是我多年以來的經驗吧，**男孩子若被讚美了，就會大大地進步喔！**

即便沒有值得讚美的地方，也請站在孩子的立場，聽聽他們想說什麼。面帶笑容、擅於聆聽的媽媽，其實就是對孩子最好的讚美了。

父母不求回報的愛，有助英文能力的提升

學生母親的一段話，讓我感受很深。

「我跟孩子在一起的時間並不長，所以非常珍惜跟孩子一起學習的時間。陪在兒子身邊學習，看他進步，也會一起跟著開心。這一段親子共學的時間，我也覺得很愉快。」

隨著時間的流逝，孩子也會跟著成長，成為能獨當一面的人。

對父母來說，這是一件既開心、卻也有點寂寞的事。

無條件地喜歡爸媽，聽到讚美就很高興，被人肯定也很開心，完成一件事情就希望能被稱讚。這樣的孩童時光十分短暫，過去了就不會再回來。

正因為如此，跟孩子相處時，請給他滿滿的愛，並且鼓勵他、守護著他。

跟父母相處的時候，孩子最能感受到父母無私的愛。

陪伴在身邊，一起大笑、開心、玩耍、學習等，這些對孩子來說，是可以「獨占」媽媽的幸福時刻。

所以在家學習英文時，也請陪在他們身邊。

最愛的媽媽陪在身邊，學習也變得比較有趣。因為開心，所以每天都想要學——

付出所有愛情，這是父母能夠做的，而這就是讓孩子努力的最大動力。

哈佛學生是世界公認的模範

從二〇一三年起，我從哈佛大學邀請優秀的學生到日本擔任講師，每年都會在大分市舉辦教授孩子英文的暑期夏令營「Summer in Japan」（ＳＩＪ）。

透過舉辦密集式的英文學習及研究會，可以學習世界通用的一流英文能力，以及自我表現力，並且對異文化有更進一步的了解，廣受大家的好評。

期間，不光只有英文學習研討會，也與當地學校進行國際交流與活動，另外還舉辦了由哈佛學生親自企劃、演出、演奏的音樂會，以及讓哈佛學生、留學生體驗在地生活等。整個活動下來，**每年大約會有八百名的參加者**。

受到歡迎的原因，除了高水準的英文學習研討會外，有**目前仍在學的哈佛學生**參與活動，也是功不可沒的因素。

他們不只是來教英文的，**「世界公認的模範」**的哈佛學生，也會給現場的孩子和他們的父母親帶來刺激。

「新學習指導要領」三個重點

在二〇一七年時，由前來應徵ＳＩＪ志願講師的哈佛學生中，挑選了二十二名學生，並對他們進行有關家庭學習的調查。

從結果可區分成三種家庭特徵：

- 父母會鼓勵去做各種挑戰，而且「失敗也沒關係」，最後找到擅長的領域。
- 絕對不會強迫，並且會花工夫幫助孩子提升學習動力，所以成績與才藝都有很好的表現。
- 有思想開明、態度寬容的父母，因此孩子跟任何人都能成為朋友。

在這樣的環境中成長，會成為什麼樣的孩子呢？

英文有**「well-rounded」**（多才多藝、個性開朗的孩子）的用法，常春藤盟校（位於美國東北部的八大私立名門學校，包括布朗大學、哥倫比亞大學、康乃爾大學、達特茅斯學院、哈佛大學、賓夕法尼亞大學、普林斯頓大學、耶魯大學）的入學考試，不只看重學力測驗，同時也會從各方面來做評判。

這些大學想要招收的學生，在學習方面，所有科目都要很優秀，運動與樂器也有所涉獵，曾經擔任社群領袖，有旺盛的服務精神、對人親切、擅長社交，而且要有「超」專長的科目。學校對他們的期待是，希望他們在這四年裡能與同儕一起替大學爭取名譽。

日本的新學習指導要領也注重 well-rounded，也就是希望培養全才且個性開朗的學生，並期待他們活躍於社會上。在網路發達的二十一世紀，學力測驗只不過是眾多才藝中的「一項」而已。

新學習指導要領有三大重點：

❶ 培養全球化人才

目前就學的學生，二〇五〇年差不多就是他們活躍於社會的時期，那時應該是多文化、多語言、多民族，強調協調與競爭的全球化時代。而活躍於各領域的優秀人才，大部分是在思想開明的家庭成長的。

❷ 在亞洲地區的英語能力必須是頂尖的

需要能針對各種不同的議題，以英語進行發表、討論以及交涉的人才。首先，讓孩子喜歡在家裡說話吧！

❸ 要有身為日本人的認知

要徹底了解母語，並且具備身為日本人的認知，了解本國的歷史，重視傳統文化傳承，甚至能向世界發聲。**國語文能力的提升來自關係良好的家庭。**

各位認為呢？**家庭學習是不是非常重要呢？**

哈佛學生是怎麼學外文的呢？

在二〇一六年夏天的ＳＩＪ活動中（在大分市舉辦，為期兩週），透過招募來擔任英文教師的一百名哈佛學生中，有六十名學生具備二到七種的外語能力。我以他們為對象，進行了問卷調查。

問題是：「在自己國家學習外國語言最好的方法？」

有兩位這麼回答：「先閱讀含文法的短文，然後背起來」、「遇到好的老師」、

「設定目標」。除此之外，其他人的答案幾乎都是**迷上那個國家的文化或娛樂（cultural immersion）**。

音樂、歌曲、書籍、繪本、電影、電玩、電視、廣播、電視新聞、藝術、政治、多媒體、流行文化等，透過自己迷上的事物來學習外語，這是十七到二十二歲頂尖大學的學生去學習兩種以上語言的方法。

為了要精進，不要害怕說錯，**不要製造一個會被糾正錯誤的環境，也絕對不要有測驗。保持思想開明，多去交朋友，用外文跟朋友聊有興趣的內容，尋找能用外語溝通的機會來練習會話，或利用APP，閱讀課本以外的書籍，去朗讀、增加語彙、參加資格考。最後甚至能夠用外文來寫日記、製作短篇影片、創作小說或詩詞，或是設計電玩、藝術創作等。**

這些就跟我在SIJ實踐的一樣，不是「去」學英文，而是**「用」英文來學習**的日常生活版。為了能達到此目標，這三點是非常重要的：

❶ 對各種文化要有好奇心，並且透過英語去了解。

❷ 腳踏實地地增加語彙量，並且加強自己的國語文能力。

❸ 要有能支持孩子喜好的家庭文化資本。

本書最後的「優惠特典」，收錄許多擔任ＳＩＪ講師的**哈佛學生自創的故事書、單字表、英語會話以及英文作文練習簿等**，請務必參考。

哈佛畢業的 Sumire 推薦！實用「輕鬆學英文迷你繪本」前五名

以下是Sumire向我們介紹的「實用『輕鬆學英文迷你繪本』前五名」。按照內容，由易到難區分成一到三個等級。

BEST 1

《*If You Give a Mouse a Cookie*》（HarperCollins）

（難易程度：三）

插圖畫得十分漂亮，是我最喜歡的一本繪本！

第一次讀這本書是在三歲的時候，書中的每一個情節我都記得相當清楚。色彩鮮豔、筆觸纖細的插圖，主角老鼠的神情畫得栩栩如生，是讓我一看再看的繪本。

文章架構扎實，所以**不只能學到新單字，連文章架構都能學到，很超值的繪本。**同一系列還有《*If You Give a Pig a Pancake*》也很有趣可愛，十分推薦喔！

BEST 2

《Goodnight Moon》（Two Hoots）

（難易程度：一）

適合睡前親子共讀的第一名。本書插圖的色調偏暖色系，非常適合睡覺前閱讀。

在插圖部分有特殊設計，比如出現「a young mouse」的文字時，插圖旁邊就會畫一隻小老鼠，或是在牆壁的畫作裡藏了祕密等。**不管讀了幾遍，每次都有趣得像在尋寶一般。**記住單字的同時，也**享受插圖和文章帶來的樂趣，是必讀的一本繪本。再怎麼難以入眠的夜晚，也會讓你想趕快躲進被窩來閱讀。**

BEST 3

《*Curious George Goes to a Chocolate Factory*》(HMH Books for Young Readers)（難易程度：三）

這是大家熟知的「好奇猴喬治」系列。**我最推薦的是《*Curious George Goes to a Chocolate Factory*》這一本。**最先吸引小孩子的通常是插畫，比如像是輸送帶上的小巧克力球，以及解說巧克力等插圖，閱讀本書就像在打開**驚喜寶盒**。

喬治一定會帶來麻煩的故事，不會無趣，非常吸引小孩閱讀。我在**小學低年級**

時翻譯了這本書，作為夏季自由研究提交出去。本書最後收錄的「優惠特典」就有這份自由研究的一部分，請參考看看。

BEST 4

《*The Rainbow Fish*》（North South）

（難易程度：二）

在我小學時，我也將這本書翻譯成日文，作為自由研究作業。但比起翻譯的記憶，我為了提交作品而興奮地用厚紙板製作水族箱，這個記憶更為深刻。

除了有主角「彩虹魚」之外，還有其它種類的魚出現在故事裡，我用紙一隻隻地製作，再懸掛在紙箱上方，撿一些石頭和貝殼來裝飾，同時也將文章結構、與海有關的單字一起背了起來。

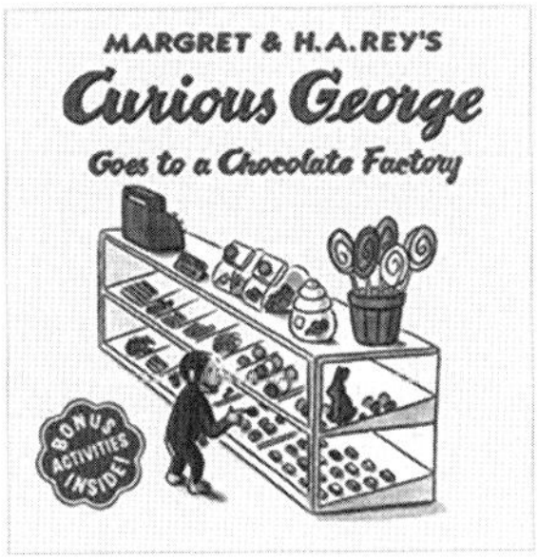

BEST 5

《*The Very Hungry Caterpillar*》（Philomel Books）

（難易程度：一）

這是一本連日文版也非常有名的繪本。**藍色毛毛蟲把繪本上彩色鮮豔的食物咬出可以穿透的洞，讓我覺得很有趣。**

我經常翻著書，一邊將手指穿過這些洞。

故事情節、單字都相當簡單。

很適合已經熟讀日文翻譯、想開始閱讀原文的孩子。

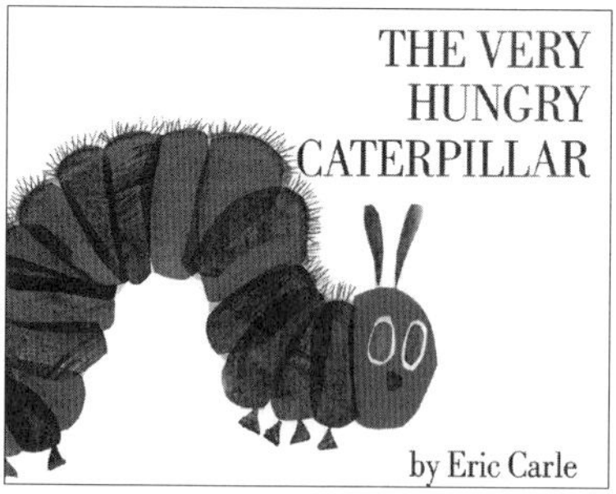

CHAPTER 3

用「日本語B／邏輯國語」轉換成「英語腦」的方法

二〇二〇年登場，預測「邏輯國語」內容的「日本語B」

二〇二〇年的新學習指導要領中，有**英文和國文合併教授的想法**。

這個想法相當不錯，讓外語和母語產生關聯性。對居住在日本、以日本語生活的孩子來說，如果沒有學好日本語，也就無法習得豐富的英語字彙。

但要將具邏輯性的英語，與強調察言觀色、不清楚表達想法的日本語配合起來，恐怕並不容易吧？

而在二〇二〇年的新學習指導要領登場的高中國語科，暫時稱為**「邏輯國語」**。

這名稱應該是第一次聽到吧，而這就是結合普通日本語以及英語，像橋梁一般的實用日本語，所以我將邏輯國語稱為**「日本語B」**。

舉容易理解的例子吧！

日本向來重視察言觀色，在對方還沒開口說話前就注意到對方的表情，是一個

「不用多作說明」的社會。

但是包含多種民族、多樣文化的國際社會，是一個「需要說明的社會」，要求溝通，並且能「確切斷定」、「邏輯狀況說明」以及「客觀事實的描述」等。

要是一開始就不按照邏輯來說明，可能會因為背景的差異而造成誤解，這樣就無法達到溝通目的了。

日本語最大的特徵就是，如果沒在句子最後加一些語助詞，就沒辦法結束。

比如「……對吧」、「……呦」、「……的吧」、「……不是嗎」、「……說的吧」、「好像……的樣子」、「……你覺得呢」、「像……啦」、「……對齁」等曖昧的表現，徵求對方同意的語助詞相當多。

大部分的日本人平常就不喜歡絕對、斷定的表現。

句子最後不但被動詞所限制，而且還莫名其妙地處在不確定的狀況下。

但如果是英文的話，主詞後面馬上就接動詞，所以就算後面不接任何字，句子也能結束。

而且基本上只有「question」（問題、提問）以及「statement」（直敘句）。也就是最後只會出現「……嗎？」和「……。」這兩種句尾。

但最近的年輕人相當厲害，在LINE上會使用「跟前輩吃過飯」（「先輩とご飯わず。」「わず」的日文發音近「was」，用英文be動詞來表示過去式）、「り」（讀音「ri」，取自日文「理解」〔ri kai〕的「理」，也就是「理解」的略稱）等，在句尾加上即使不察言觀色也看得懂的簡略用法。

智慧型手機的使用日益普遍，以及社會全球化等原因，讓全世界年輕人的文化、習慣越來越相近了。

的確，講話時還要挑選句尾是很麻煩的。

當外國人學習日語後，跟朋友聊天時，句尾也會刻意使用「這樣呀」、「那真是太好了」等語詞。

而這是因為外國人不了解在日本文化和習慣當中，立場與年齡的差異將會影響到語詞的使用，所以在學習上會造成不少困擾。

為避免變成只適用於日本的斷定用法，於是直接把日文翻譯成英文，結果就變成「不確定的曖昧英文」了。將日本人的想法直接翻譯成英文的話，更會造成「到底是怎樣」、「不說清楚怎麼會了解」等窘狀，就算意思通了，卻還是無法溝通。

那應該怎麼做才好呢？

答案就在國語教育、日本語教育。

意思就是，除了過去的國語（日本語）教育，還必須學習**「在國際社會上也能通用、具邏輯性的日本語」**。這指的應該就是**「幫助學習英語的日本語」**吧！

如果平常使用的日本語是「日本語A」的話，那麼也應該學習加入世界通用、具邏輯性的**「日本語B」**才行。

我們應該趁早習慣，用日本語來學習英語，而這同時也是全球溝通的原則。

學習「日本語B」只要掌握這三點即可！

本書將過去曖昧的日本語稱為「日本語A」，而國際社會通用的邏輯性日本語稱作**「日本語B」**。

從好的一面來看，察言觀色、試著了解對方想法的「日本語A」，可說是日本的文化特色之一，這一點我並沒有要否定它的意思。

但如果能習慣強調邏輯、具體、客觀「英語思考方法」的「日本語B」，就能打好**提升英語能力的基礎**了。

養成用「日本語B」思考的習慣，再應用在英文上，相信不會太難。

要是「日本語B」能確實發揮連結日本語和英語的功能，那麼不喜歡英語的人應該也能看到不同的世界。

作為通往英語橋梁的邏輯「日本語B」，具體的內容是什麼呢？

其實並沒有想像中的困難。

「○○是◇◇。那是因為△△。」

這是「日本語B」，而這跟「日本語A」有三個地方不同：

- **先說結論**——先把想表達的講出來。
- **要有理由**——用「那是因為」的邏輯表現方式來解釋。
- **描述事實**——表達時，要清楚區分出何謂事實、何謂意見。

也就是說，要**清楚表達結論、理由及事實**，就只是這樣而已。

而這同時也是**英語溝通的基本原則**。

或許各位覺得「這麼簡單的事，平常就這樣做了呀」。

但請冷靜地想想，平常人們並不像這樣使用日本語。

就算沒這樣做，但還是能溝通——這同時也是「日本語A」的特徵之一。

但如果不遵守這三項重點，那麼就難以用英語溝通了。

因此，平常就要使用注重**「結論」**、**「理由」**、**「事實」**的「日本語B」。

先說「結論」——先把想表達的講出來有何好處？

先把想表達的說出來——大部分日本人其實沒做到這一點。

照著自己的方式說話，有時很難講到重點，最後發生忘記「我本來想說什麼」的人應該不少吧！

「日本語A」（原本的日本語）和英語的差異，大多是指**「說話順序」**這一點。

說日語時，會先講原因、狀況和背景等，最後才說結論——正因為按照這個順序說話，外國人才會覺得「日本人不到最後是不會講結論的」。

另一方面，大部分英語的架構是按照「先說結論，之後再補充原因和背景」的順序完成（當然小說和推理小說就不是這樣了）。

比如有人問：「因為忙不過來，可以幫我一下嗎？」如果因為有其它事情而要拒絕，英語就會說：「很抱歉，我沒辦法幫你。因為我跟其他人有約，現在必須出門。」**一開始先清楚表達「沒辦法幫忙」的結論，之後再說無法幫忙的理由。**

日本人的話，應該就會這麼說了：

「今天跟別人有約了，要是不現在出門就會遲到，所以沒辦法幫忙。」

首先會先解釋「因為跟別人有約」、「沒有時間」，然後最後才說「所以沒辦法幫忙」的結論。

這個問題的結論，應該就只有「幫或不幫」。

英語是先講結論，而日文則是最後才說。

重要的是，**用英語溝通時，要是不知道說話目的而對話，會產生很大的壓力。**講到最後，會給對方帶來「到底是可以？還是不可以？」和「到最後還是不曉得答案」的壓力。

為避免相互產生壓力，英語非常重視「先說結論」這一點。

也就是說，「日本語Ｂ」擷取了英語先說結論的這個部分，並且運用在溝通方面。

舉一個簡單的例子。

假如媽媽打電話給學校的老師，然後這麼說：「老師，早。我是一年二班山田太郎的媽媽。太郎他呢，雖然平常很活潑，但是從昨天晚上開始就不舒服，今天早上發燒到三十八度。我想帶他去醫院，**所以今天要請假一天**。再麻煩老師了。」

這段例文是按照：「平常很活潑」→「但今天早上不舒服」→「量體溫有三十八度，所以要去醫院」→「今天要向學校請假一天」的順序說的。

這通電話，媽媽想要傳達的結論是「兒子今天要請假」，卻把原因和背景先講一遍，然後最後才說出結論，這就是「日本語Ａ」。

「日本語Ｂ」則是把這段話的邏輯轉換成**「結論先講，背景在後」**，就像這樣：

「老師，早。我是一年二班山田太郎的媽媽，**今天太郎要請一天假**。因為他早上發燒到三十八度，所以要帶他去醫院。再麻煩老師了。」

一開始就先傳達「今天要向學校請一天假」的結論，之後再補充背景和原因。聽起來就像是平常講的日語，但**只是稍微改變一下說話順序，馬上就能將「母親打這通電話究竟要講什麼」的目的，明確地傳達給對方知道。**

朝會前接到電話的老師應該也很匆忙，要是能先講結論，也算是幫了忙碌的老師一個大忙。

要有「理由」——表達邏輯的「這是因為」

按照英語的規則，**不會說完結論和主張之後，就馬上結束。**結論的後面，會再說明理由，解釋「那是因為什麼」。也就是：**「○○是◇◇。那是因為△△。」**

要是不說「那是因為」，就無法主張自己的意見。確實說明「理由」能**提高說**

服力。這是用英語溝通的原則。

以參加ＳＩＪ而到大分的哈佛美國學生Ｍ君為例。

Ｍ君擅長游泳，父親是奧林匹克美國游泳代表隊的選手。當他在以溫泉出名的別府市的溫泉游泳池，向其他ＳＩＪ夥伴展現他高超泳技的時候，為了健身而正在做水中漫步的當地大嬸用日語提出了警告。

「大家都在看喔！」

翻譯成英語，就是：「Everyone here is watching you.」

對美國人而言，即使告訴他「大家都在看喔」，也會覺得「蛤？在說什麼」。因為日本人會察言觀色，所以自然會解釋成「會造成其他人的困擾，不要再踢水了」。但如果不是明確地告訴Ｍ君「請馬上停止踢水」，他是不會明白的。

之前，ＳＩＪ的哈佛學生們曾送過我禮物。

他們合資買了大分縣有名的甜點送我，並且附上了對「為何要送我禮物」、「為什麼事情表達謝意」、「為何選這一款甜點」這三個問題的具體回答。

甜點真的非常美味，但每一個人寫的「留言＝理由，也就是對我的看法」更讓我印象深刻。

相較於「日本語A」的「只是個小東西，不成敬意」謙虛說法，他們直接、不謙虛、不曖昧地表達出自己的理由：**「幫你挑選了○○，是因為△△。」**

像這樣**「一定有理由」**的英語溝通方式，同時也是「日本語B」的表現方式。

描述「事實」——客觀描述所見

在本章一開始，就曾提過在民族與文化混雜的國際社會上，如果是以日語這種「希望對方了解你的言外之意」方式對話，其實是很難充分溝通的。

因此國際共通語言英語所追求的，就是「有邏輯的說明狀況」以及「客觀描述事實」，讓任何人聽了都能理解。

這也就是英語系國家，為何從小就訓練小孩能公開發表，並且正確地描述事實的理由。

比如請看上方的照片。

被要求「請說明照片的內容」時，如果是用日語，一定會回答「桌上放了一杯看起來很好喝的咖啡以及報紙」吧！

那麼用英語來描述這張照片的話，會是怎樣呢？

「在木桌上，咖啡盤上擺了一組咖啡杯。杯裡裝有熱咖啡，旁邊有兩粒方糖以及銀湯匙。而在咖啡杯旁邊放了一份摺疊好的報紙。」

以客觀描述來看，英語沒有提及個人感想、想像以及猜測，只是理性地做「事實描述」。這種方法在寫讀書心得時很方便。

一開始先客觀地簡單描述書籍內容，接著在敘述感想和意見。以此架構來分段，寫出來的文章也就簡潔有力、不拖泥帶水。

但我們日本人學習「日本語A」時，從沒用日語來做客觀描述事實的練習，因此很容易寫出摘要跟感想參雜在一起的心得，每篇文章都以「我認為……」來寫，然後就這麼在沒有人糾正的情況下畢業了。

在暑假，我曾出了「去美術館選一幅喜歡的畫，然後寫觀賞這幅畫的感想」的習題，寫法也是相同。先客觀地描述畫作，接著再寫感想以及分析。

也就是說，**想讓孩子學會客觀的描述，就要先訓練他們的表現力。**

親子的「為什麼時間」

接下來，我要介紹**在家如何訓練「日本語B」的三種方法**。

讓孩子多去想「為什麼」以及「為什麼會那樣」。

這是**小四就考過英檢二級（高中畢業程度）**的T君，在家的口頭禪。

「平常跟他說話，他就一直問『為什麼』、『why』，就是很想知道每件事的理由。」T君的媽媽說。

T君的英語能進步得這麼快，我想這跟**「把『理由』當作每天的對話焦點」**有關。**跟家人的日常會話中，讓孩子意識到「理由」這一點，對他們養成以「日本語B」來思考、表現的習慣有相當大的幫助。**

尤其是幼稚園的孩子以及小學低年級學生，對任何事情都很有興趣，是最喜歡問「為什麼」和「怎麼會」的年紀。

如果是這樣，父母要不要試著主動去問「那是為什麼呢」？

喜歡的食物、喜歡的動漫角色、心愛的玩具——什麼都可以。

決定一個主題，然後去問孩子。

「○○○最喜歡的菜是什麼呢？」——「漢堡！」

「『妖怪手錶』裡面最喜歡誰？」——「吉胖喵！」

「現在有的遊戲中，最喜歡哪一個？」——「最終幻想ＸＶ！」

孩子回答後，再問他們。

「為什麼喜歡呢？」

讓他們說出「理由」。

就算無法說得條理分明，父母也不必太在意。

這個時候最重要的是，**孩子會去思考為什麼這樣回答**。父母絕不能搶著回答，而要有耐性地等他回答之後，再以「原來如此」、「這樣子喔」等回應給予肯定。

但如果是拘謹的面試，孩子可能會緊張而排斥。因此初期就從平常的親子對話開始練習吧！

像是用「為什麼時間」或「媽媽的採訪時間」來命名，或是帶著遊戲的心態來進行也不錯，比如：「我們來玩『為什麼時間』吧！」

學會去思考「理由」，這對上「英語表現課」會有很大的幫助。

在我的補習班上，雖然有很多班級是小學生跟國中生一起上課的，但我們上次選的主題是「climate change」（氣候變化）。

這跟「global warming」（氣候暖化）有何不同？單單只是人類造成的嗎？冰河

期和氣候暖化不斷重複發生，所以屬於無可避免的自然現象。新興國家不斷地發展，產生的二氧化碳讓地球的氣候更是雪上加霜……看見孩子們熱烈討論的模樣，看起來精力充沛。其中一位國中生笑著說：「比起學校的英文課，在這裡可以把自己的想法講出來，所以比較有趣。」

這能讓親子溝通變得更順暢，而且也能讓孩子學會「日本語B」的思考方式，最後還能用英語來進行討論。這不是一舉數得嗎？請一定要挑戰看看，讓孩子**思考「理由」的「為什麼時間」**。

家人一起進行的「緊急通知工作」

接下來介紹的**「緊急通知工作」**，有助於「事實的描述與說明」的練習。

「日本語B」所追求的是「簡單扼要的客觀事實描述」的溝通方式。我們就舉通知火災和事故發生、打電話給一一九和一一〇的例子。

那時候，必須將眼前發生的事情以及現場狀況作客觀的說明。

比如說，B女士買東西回家的時候，看見有火災發生，於是打一一九叫消防車。

一一九的A先生與通報者B女士的對話：

A：這裡是一一九。火災？緊急救助？

B：是火災。

A：地點是？

B：〇〇町〇〇町立小學正門前的大樓。

A：是什麼燒起來呢？

B：從五層樓高的白色建築物的三樓冒出火苗。

A：目前現場的狀況呢？

B：從三樓邊間的不動產公司的窗戶冒出火舌與黑煙。

不知道有幾個人困在裡面，但可以看到人影。

A：請告訴我大名，以及現在撥打電話的號碼。

B：B山B子。電話號碼是一二三－四五六。

A：好的，收到了。立即派消防車及救護車前往。

在哪裡、哪一棟建築物、起火情形如何——B女士將目擊的火災狀況，做了**具體、客觀的事實說明。**緊急通知是分秒必爭的。

要是像這種「我去買晚餐的材料，要回家的時候看到朋友家附近發生火災……」從個人事情開始說明，那麼最後大概會變成「反正就是火燒得很大」、「情形很嚴重」這類抽象的表現，如此A先生就無法迅速且正確地掌握現場狀況了。

要是稍有疏忽，可是攸關人命的。

發生緊急狀況時，更應該要運用「日本語B」的溝通力。

最後，請嘗試下面的題目。觀看插圖後，請正確且簡單地描述。

【題目】目擊了交通事故。打電給一一九請求派出救護車。

請看上圖，在下方問題的空白處填入答案。

一一九的 A 先生和目擊者 B 女士的對話：

A：這裡是一一九。發生火災？緊急救助？

B：＿＿＿＿＿＿＿＿＿＿＿＿＿＿＿＿＿＿＿＿。

A：地點是在？

B：＿＿＿＿＿＿＿＿＿＿＿＿＿＿＿＿＿＿＿＿。

A：發生了什麼事？

B：＿＿＿＿＿＿＿＿＿＿＿＿＿＿＿＿＿＿＿＿。

A：傷者的狀況？

B：＿＿＿＿＿＿＿＿＿＿＿＿＿＿＿＿＿＿＿＿。

A：請告訴我大名，以及現在撥打電話的號碼。

B：＿＿＿＿＿＿＿＿＿＿＿＿＿＿＿＿＿＿＿＿。

A：好的，立刻派救護車前往。

CHAPTER 4

一天五分鐘，輕鬆背英文單字——英文能力九成取決於單字量

英文能力九成取決於單字量！英文力＝單字力

接下來，要介紹我班上最受好評的「單字記憶法」！

首先要請問各位讀者，「涵攝」、「敷衍」、「表象」、「投影」、「隱喻」、「修辭」這些語彙，您能確切地說明哪一些呢？

這些是從大學考生使用的《頻出現代文重要語700》（桐原書店）挑選出來的。

如果不是有閱讀習慣、喜歡讀書的人，應該不太熟悉這些「寫作用語」吧！

各位平常可能不會去注意，其實語言有分成日常會話使用的**「說話用語」**，以及書寫時使用的**「寫作用語」**兩種。

這兩種用語是完全不同的。

比如說，現在流行的「deep learning」（深層學習）。

是否了解這個單字的意思，將會影響對最新人工智慧問題的理解度。

所謂突觸可塑性，就是因神經突起的發芽及延伸導致突觸連結發生神經迴路網變化。

____

____

扁桃腺腫起來了，有點發燒。

____

還是含柔軟劑的洗衣精比較好用。

____

記住這個單字，之後再看相關報導可能又會碰到新的單字，如此單字量就會不斷增加。

肩負未來的孩子們，對知識充滿了好奇心，而為了獲取資訊，以及通過各種考試，將來可能需要閱讀這樣的英文文章：

「所謂突觸可塑性，就是因神經突起的發芽及延伸導致突觸連結發生神經迴路網變化。」

另外在聊天時，需要用到「扁桃腺腫起來了，有點發燒」或「還是含柔軟劑的洗衣精比較好用」這樣的「說話用語」。

現在，試著用英文將上述用橫線標出

的寫作用語（像大學入學考會出的文章），及說話用語（日常生活用語）翻譯於空格處。

在國、高中接受六年學校英文教育的學生，應該是翻譯不出來的。

這是因為，不知道句子裡面的英文單字。

再加上「寫作用語」並非指專門知識，而是文章構造看起來比較複雜而已。而「說話用語」則是因為平常很少有機會使用生活單字，所以才不知道該如何翻譯。

從上面的情形，我們可以了解到：使用英文的基本功，就是「單字力」。

英文文章是「大量單字的集合體」，不管句子多長、多麼複雜的文章，全都是英文單字的集合。

簡單一句話！只要知道的單字量夠多，英文就不會有太大問題。

我們甚至可以說，**你所知道的單字數量以及種類，將會決定你成為什麼樣的人**。

換言之，能記住多少英文單字，將會左右個人的英文能力。

各位應該了解，不論是會話或是閱讀寫作，單字是非常重要的。

事實上，從大分公立高中畢業後就考上哈佛大學的 Sumire，也再三提到：

「為了準備入學考試，花了很多時間去『背單字』。」

「哈佛大學的英文程度有九成取決於知道的單字量。」

當然，要是知道的單字量以及範圍不夠廣泛的話，應該也沒辦法寫出能拿到高分的入學小論文。

知道的單字越多，越能迅速想到同義詞、反義詞，而且也能提升英文的閱讀速度以及聽力。

希望各位了解，**比起文法或其它，最重要的是要背很多的單字**。

可以說**「英文能力有九成取決於單字」**。

幼稚園和國小一年級學生，一週就能記住一百個單字的祕密

或許有人會擔心，讓幼稚園跟小學生在家裡背國中程度的單字會不會太難？

請放心！

世界通用的英語是沒有分「國中用」或「高中用」的。

那都是日本人自己區分的。

不論是幾歲或幾年級，只要想去背，任何階段都可以開始背單字的。

實際上，我的英語教室每週只上一次七十五分鐘的課，而且就連幼稚園以及小學一、二年級的學生，也能按照**「一週一百個單字」**的進度背單字。

一週背一百個單字，那麼**六週**就可以把國中一個學年的六百個單字背完了。

然後為了增強記憶，再重複一次的「一週一百個單字×六週」。

這樣總共花十二週的時間。

我們把在二〇二〇年即將實施的新英語課程，小學四年必須學習的六百個單字，**只花了三個月的時間就全部背完**。

以這樣的進度進行，**國中畢業前必須記住的一千八百個單字，大概只要一年就能背完**。

六百個單字差不多是英檢五級（國中初級程度），而一千八百個單字則是英檢三級（國中畢業程度）的單字量。

也就是說，幼稚園以及小學低年級學生**只要花三個月就具備了考英檢五級，半年就能考英檢三級**的單字程度了。

這些在我大分英語教室上課的孩子們，就跟平常的小孩一樣，並沒有特別聰明。大家都是從無英語學習經驗的「菜鳥階段」開始，而他們的父母也不是什麼名人，真的都是一些來自普通家庭的孩子。

可是這些孩子，在短時間內就能看懂國中程度的英文課本。只要半年，甚至連高中一年級的英文課本都看得懂，若再繼續學下去，連報考英檢一級（大學高級程度）的「一萬個單字」，甚至是報考美國頂尖學校需要的「兩萬個單字」都背得起來。

不喜歡背書的大孩子們，兩年就能背好四千個單字

如果是用這個方法來記單字，**那麼普通的小學生只要半年就能看懂高中一年級的英文課本**——或許有不少人會感到疑惑，心想「那怎麼可能」吧！

但這卻是**不爭的事實**。

比如從幼稚園大班開始，已經在我班上讀了兩年的Y君（小二）。

因為是第一次上英語教室的，所以在一開始超級討厭背單字。對背誦完全沒興趣，根本沒辦法完成「一週背一百個單字」這個課題。

可是當我在班上教了「一天五分鐘，輕鬆背單字」的方法，要媽媽一起陪伴Y君學習，後來他在**兩年之內記住了四千個英文單字**。

然後也**考過了英檢準二級（高中中級程度）**。目前還只是小二的Y君，輕輕鬆鬆就能看懂大學入學考試水準的長篇文章，而且也能針對各種題目，用英文寫出作文。

其它例子還有：

從小學六年級開始，八個月就記住兩千個左右單字（英檢三級程度）的國中一年級學生。

從小學三年級開始，一年半就記住五千個左右單字（英檢二級程度）的國小四年級學生。

大部分的幼稚園小朋友及國小學生，都能輕鬆記住高中畢業程度的單字量。

即便完全沒學過英文，或是年紀還很小的孩子，都能夠記住大量的單字。

以下介紹的「一天五分鐘，輕鬆背單字」，就是**將「不可能」變「可能」的「奇蹟式學習法」**。

跟「媽媽一起」的記憶是最深刻的

沒有英文學習經驗的孩子，為什麼有辦法記住好幾千個單字呢？

孩子具有強大的吸收新語言的能力，因此他們學習語言的能力大大超乎大人們的想像。

而且，每一個孩子都有這樣的能力。

但關鍵是，**誰來啟發孩子這股潛在的能力呢？**

我想，父母應該是最適合的。

幼稚園小朋友和小學低年級學生，不可能憑自己的力量提升學習能力的。但要是完全寄託於學校，那麼為了配合程度較好的同學，就可能無法讓他們發揮本身的能力。

最親近、最喜歡的「媽媽、爸爸」陪在身邊，這是讓孩子發揮能力的主要原因。

前面介紹的，討厭背書的Y君（小二）母親也曾說：「我家小孩說：『媽媽陪我學，所以特別開心，也比較想學。』應該是出自『媽媽會幫我』的這份安心感吧。所以他背單字的時候，我會陪著他，**讓背單字就像在玩遊戲一樣快樂**。要是背起來我會稱讚他，然後為了被我讚美，他會更加努力——就像這樣，他慢慢喜歡去背單字了。」

接下來要介紹的「一天五分鐘，輕鬆背單字」，是親子能一起記單字的方法。

剛開始可能會不願意去記，但因為是跟喜歡的媽媽和爸爸一起，孩子會願意去努力，當然很快就能背起來了。

讓孩子覺得背單字的時間就是「跟媽媽在一起的時間」，孩子應該會比較有動力吧。如果只是叫他「快讀書」、「快去背單字」，逼孩子獨自在書房讀書，是無法養成學習英文的習慣的。**父母待在孩子的身邊，然後去鼓勵他們**，真的非常重要。

「一天五分鐘，輕鬆背單字方法」，任何人三個月就能記住六百個單字

請跟著我一起實行，曾教過三千名學生的「一天五分鐘，輕鬆背單字方法」吧！

- **就算不是居住在都會區的孩子，也能學會輕鬆記住國中、高中、大學入學程度單字的終極記憶法。**

- **目前就讀哈佛大學的女兒 Sumire 從小就使用，學生父母也認同「效果超好」的超強單字記憶法。**
- **親子可以一起在家實踐的單字記憶法。**

這就是「一天五分鐘，輕鬆背單字方法」。

使用這個方法，三個月內就能把**新學習指導要領要求的，小學三到六年級這四年必須學會、英檢五級程度的六百個單字記起來。**

六百個單字背好後，接下來就是繼續提高自己的程度。只要一年，國中三年應該要學會的一千八百個左右單字也能輕鬆背起來。

記單字的「三個」祕訣

「一天五分鐘，輕鬆背單字方法」的祕訣有下面三項：

祕訣一　搭配聲音朗讀──用嘴巴跟耳朵記憶

聽聲音以及看字讀音都具有「用耳朵來記憶」的優點。

先聽範本的聲音，然後再跟著看字讀音，讓自己聽見自己讀出的聲音。「用耳朵聽，發出聲音唸，然後再用耳朵聽」──跟著看字讀音一遍，就增加了跟單字接觸的機會。

祕訣二　「英語↓日語」看字讀音──用身體來記憶

「apple→蘋果」、「park→公園」、「like→喜歡」──**英語跟日語交換著看字讀音，就是這個單字記憶法的重點**。

進行順利的話，就不用「一個」英文單字搭配「一個」日文單字地去背，而是**用讀音的節奏來記**。

「進行『日語↓英語』的看字讀音時，『apple→蘋果』的組合會直接背起來。之後看到『apple』時，就算不在腦袋裡翻譯『apple是日語的蘋果』，自然就會聯想到『蘋果』這個意思。**用身體就能記住。**」

這是 Sumire 的經驗談。她小時候，就是用這種方法來磨練單字力的。

英語和日語的交換看字讀音好像很簡單，但這卻是全世界各種語言都通用的記憶法。

祕訣三 不用寫，而是「指著唸」——用眼睛記憶

看字讀音時，**要用手「指著唸」每一個單字。**（請參考157頁）手指跟眼睛一起專注在單字上，然後「手指字讀」，讓孩子知道自己目前唸到哪裡。

把單字的拼音抄寫在筆記本，用「聽寫」的方式背單字，這樣不只會讓孩子覺得累，也是浪費時間。等到習慣了「手指字讀」之後，即使不把單字抄寫在筆記上，也能夠看懂大部分的單字。

邊聽聲音，再搭配看字讀音一起「手指字讀」，這樣就是**用「口、耳、目」**

三種感官來記單字了。

親子一起努力的話，根本不用依賴學校，在家就能用市售的單字本，而且只要三個月，不管是幼稚園小朋友或小學生，都能記住國中一年級要背的單字。

從今天起，「在家裡，跟著小朋友」一起進行單字攻略吧！

英檢五級的單字本可以這樣背

目標：「三個月背六百個單字」

英檢五級（國中初級程度）的六百個單字，三個月就能全部背完。

期間：一天五分鐘，一週五天，每一週只要二十五分鐘就能背一百個單字

這樣六週就能達到六百個單字的目標！

保險起見，要再重複一次六週背六百個單字的循環。

這樣三個月就能記牢六百個英文單字了。

進行方法一

第一天：用一分四十秒（約兩分鐘）背二十個單字。

第二天：第一天的二十個＋當天的二十個單字（三分鐘）。

第三天：第二天的四十個＋當天的二十個單字（五分鐘）。

第四天：第三天的六十個＋當天的二十個單字（七分鐘）。

第五天：第四天的八十個＋當天的二十個單字，紅色學習記憶板確認（十分鐘）。

※當天以外的單字，因為只需要看字讀音，所以需要的時間不長。

進行方法二

第一天到第五天：每天用十分鐘讀完一百個單字。

不管是用「方法一」還是「方法二」都可以。**一天平均花五分鐘！就像刷牙一樣，養成每天都做的習慣，一週五天其實很輕鬆。**而且還有媽媽陪在身邊呢！

這三個月，只要按部就班地做到，那麼之後就算不看單字本也能背得出來的。

目標是：

❶ **貫徹力：能持續下去。**

❷ **自我肯定感：享受成就感。**

❸ **能力感：四年的上課內容只用三個月就學完了。**

❹ **安心感：只要願意去做就會成功，父母親會陪在身邊。**

只要做到這四種自我回饋（做自我評價），就能徹底做好自我管理，並且增強自信心。像孩子第一次學騎腳踏車，需要父母從旁協助，但只要學會，父母就可以放開手，讓孩子自己騎。

就接觸過三千位學生的經驗，我了解到在成長初期獲得較多父母關心的孩子會比較早獨立。相反的，認為孩子要自立，所以沒有給予任何幫助的話，那麼之後不論是父母或孩子，在人際關係方面就可能會出現問題。

只要三個月。之後就不用操心了，請務必嘗試看看。

●教材：《英檢五級　頻出單字》（旺文社 ※附測驗用學習記憶板）

這本單字書的特色，有下面幾點：

- 我班上使用的市售單字書，收錄了六百個單字（對通過英檢五級的孩子，可按照程度來挑選適當的等級）。

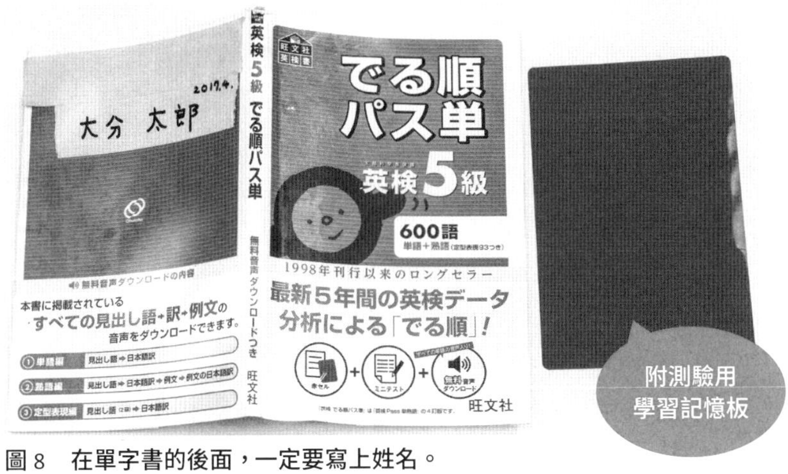

圖 8　在單字書的後面，一定要寫上姓名。

- 隨身本的大小，輕薄好攜帶，讓學生願意去學習。
- 「英語↓日語」的簡單排版，每一個單字皆有讓學生記錄背誦次數的空格（圖 9）。
- 可免費下載音檔。
- 清楚區分成英檢五級（國中初級程度）、四級（國中中級程度）、三級（國中畢業程度）、準二級（高中中級程度）、二級（高中畢業程度）、準一級（大學中級程度）、一級（大學高級程度）等階段，可挑選適合自己程度的單字書。

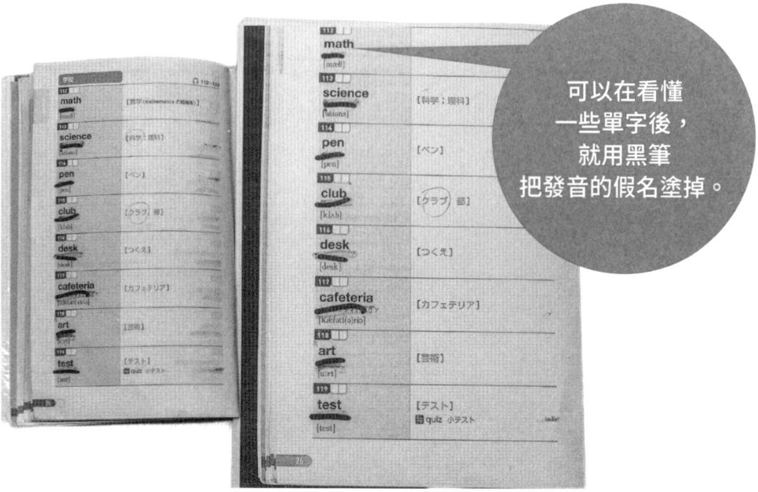
可以在看懂
一些單字後，
就用黑筆
把發音的假名塗掉。

圖 9　孩子看不習慣時，可放大影印。

在單字書的後面，**一定要寫上孩子的姓名**（圖8），要讓孩子覺得「這是自己很重要的一本書」。

不習慣看太小字的孩子，可以**將單字書放大影印**，這樣應該就比較容易閱讀了（圖9）。

● 準備的東西

包括教材、便利貼、鉛筆、紅筆、學習記憶板（單字書附贈）、播放音檔的電腦或智慧型手機、平板電腦等。

開始前須注意的五件事

❶ 準備好音檔

準備看字讀音和「Shadowing」（跟讀，請參考187頁）使用的音檔（朗讀單字的聲音）。如果是使用《英檢五級　頻出單字》，就能免費下載音檔。

不過如果父母能親自讀給孩子聽，當然是最好的啦！因為這樣就能配合孩子的節奏，而且比起機械式的聲音，媽媽或爸爸的聲音會比較容易接受，爸媽也可以一起學習，豈不是一石數鳥？用音檔練習的效果也不錯，但如果是初級單字，因為比較簡單，建議父母試著親自讀給孩子聽。

就算不像外國人唸得那麼順，也沒關係！

❷ 清楚訂出要背的範圍

每天要背二十個單字。打開單字書，在那一天要背的二十個單字的**第一頁以及最後一頁用便利貼來標記，將每天要背的範圍清楚標出**。「背到這裡了」，然後把便利貼撕掉，對孩子來說，這個動作**會帶來「小成就感」**。

❸「一個」英文單字選「一個」日文解釋

一個英文單字有好幾種日文解釋的話，**選擇其中一個解釋**就好了。那一天要記的二十個英文單字，每一個單字選一個自己比較容易記的日文解釋，用鉛筆圈起來。

（例：「出發、開始」→「出發、開始」）

這個做法具有**標籤效果**（清楚知道背好的單字），只要記一個解釋**讓孩子不會有壓力**，交錯看英文、日文時，也會比較清楚。

❹不必管助詞、助動詞，不會讀的漢字就寫上假名。

想容易記憶的話，就**把日語的助詞去掉**。

（例：「要做……」→「要做……」）

遇到不會讀的漢字，**爸媽可用紅筆幫孩子寫上假名**，意思太過艱澀，就簡單地註解一下。

（例：「like—愛慕」→「like—喜歡」）

這樣在讀的時候，會比較通順。

❺等孩子可以自己讀大部分的單字後，就把單字附的「假名」擦掉

大部分市售的單字書，或許是認為「年紀小的孩子不會讀吧」，所以很親切地用「假名」標出英文發音。

其實在使用這類型的單字書時，孩子會有「用日語拼出發音，那不用看英文，只要照『假名』讀就好了」的想法，反而會影響學習。

等能讀出一些單字後，就用黑色簽字筆把「假名」塗掉（請參考152頁圖9）。

——這樣就準備OK，可以跟孩子一起背了喔！

英語↓日語交叉「指著唸」
（週一到週五的五天：一天五分鐘）

第一步是單字的看字讀音。方法很簡單，打開課本，把今天要背的單字**「邊聽音檔」，再以「英語↓日語、英語↓日語」的順序，「唸出聲音」，並且「用手指指著正在唸的文字」**。

這個叫作**「手指字讀」**。

邊聽音檔，邊跟著讀，然後手指指著在讀的單字，聽聲音的同時，眼睛看著文字。

這麼做，孩子慢慢地就會讀英文單字了。請試試看吧！（圖10）

圖 10 英語→日語交叉音讀「手指字讀」。

❶ 播放音檔，或是父母朗讀。

❷ 聽完音檔後，讓孩子馬上跟著讀同一個單字。

❸ 這個時候，要孩子「手指字讀」每一個單字，讓他們知道「自己是在讀哪一個單字」。此時不光是手指，連眼睛也會集中注意力（圖 11）。

❹ 接著馬上讀英文單字的日文解釋（圖 12）。訣竅是要維持一定節奏地讀。

【例】pineapple

（父母或音檔）　「pineapple」

（孩子）　pineapple（手指從左側）

→

大聲唸出來

（孩子）　唸出日語「鳳梨」

——做完大約兩秒。

❺ 二十個單字都用同樣的方法來記。

按照❶～❹「指著唸」的順序，每一天記二十個單字。

音檔		孩子		孩子
(pineapple)	→	「pineapple」	→	「鳳梨」
(pen)	→	「pen」	→	「筆」
(apple)	→	「apple」	→	「蘋果」
(book)	→	「book」	→	「書」

——完成二十個單字約一分鐘。

◆「一天五分鐘，輕鬆背單字方法」的九個步驟

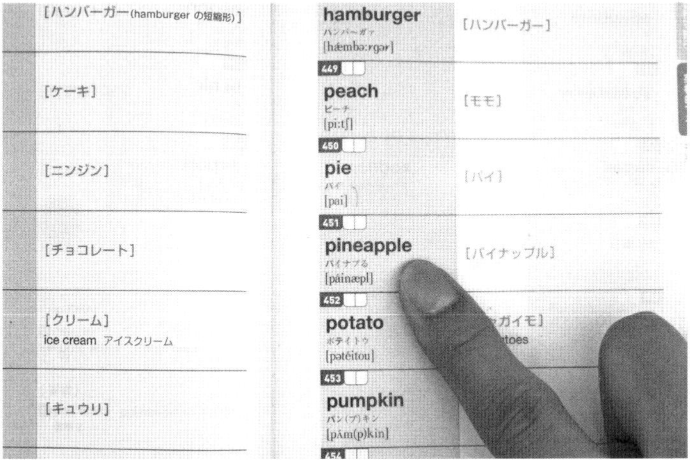

圖 11 跟著音檔的發音來跟讀，讀的時候要「手指文字讀」。

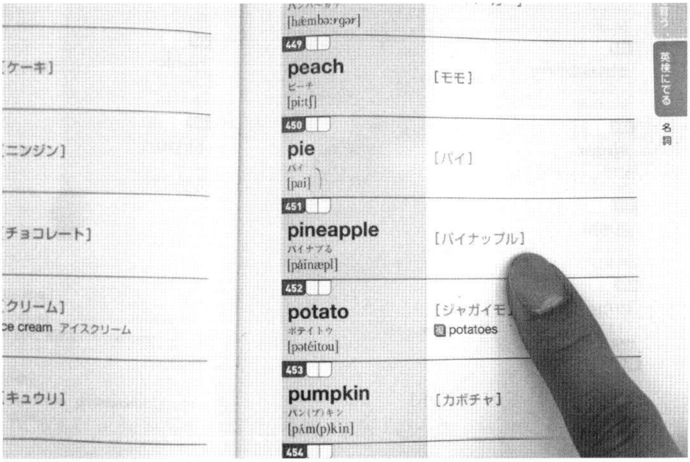

圖 12 接著有節奏地讀日文解釋。

❻ 重新跟著音檔再讀一遍，眼睛專注地看著每一個單字。
讀完二十個單字後，按照順序逐一「**盯著**」單字書上的單字，並且用「**眼睛**」記下來。一個單字兩秒鐘，二十個就四十秒鐘。
這個時候**不用讀出聲音來**，而是要認真看。不是看英文拼音，而是**把整個單字當作一個圖像來看**（圖 13）。
看完二十個單字後，今天的部分就結束了。**只要讀就可以，所以很輕鬆。**
父母只需要坐在旁邊一起讀而已。
剛開始可能會不順，習慣之後兩秒鐘就能看一個單字，也就是**四十秒至一分鐘可以「手指字讀」完二十個單字**，而且也能在四十秒至一分鐘內就看完。

❼ 週二到週五的這四天，必須把前一天所學的單字「手指字讀」一次。 因省略「用眼睛背」這個步驟，所以很快就能結束。之後再按照❶～❻的順序，把今天應該記的二十個新單字，**用「手指字讀」&「用眼睛背」的方式學習。**

❽ 最後一天，「手指字讀」完一百個單字後，用紅色學習記憶板將日文解釋遮起來，測試是否記住了。
結果如何呢？有記住四十到五十個單字就非常棒了，記住二十個的孩子也值得獎勵。因為爸媽在小時候，一週恐怕連二十個單字都記不住呢！
小學高年級的孩子，如果想每天確認也沒關係，在背完當天的二十個單字後，可用紅色學習記憶板自行測驗。

◆「一天五分鐘，輕鬆背單字方法」的九個步驟

圖 13 好的例子：用眼睛背。邊手指字讀，
邊像看圖畫似地將整個單字記起來。

圖 14 壞的例子：邊寫邊背單字。浪費時間，
手也會累。

❾ 一週很快就結束了。

把貼在單字書的「今天範圍」便利貼撕下吧！那麼「這週的目標就達成了」。然後立刻在下一組一百個單字的第一頁和最後一頁貼上新的便利貼。請記住，「三個月要記六百個單字」喔！

有百分之九十九的人會擔心有「孩子根本沒心要讀」或「孩子不想背」的情形，這不但會讓父母疲累，也會因為效果不佳而懷疑孩子的學習能力。

只需要三個月而已，請相信我，這絕對有效！孩子遠比父母想的還要聰明，這是真的。請再繼續看下去！

覺得「沒辦法照著做」、「我們夫妻都很忙」的父母，每天早上都會刷牙洗臉吧？這也是一樣的，把它當作是早晚的習慣。

另外，認為步驟繁雜、容易忘記的人，請不要想得太複雜。只要掌握住在這一週去「看字讀音」、並且「記憶」一百個單字的原則。然後，不斷重複做就可以了。

確認最後記憶成果的七個步驟

整個循環的最後一天，要用下面七個步驟來確認背的結果。

❶ 從本週要背的第一頁開始，「手指字讀」前面的八十個單字。

❷ 從今天背的二十個單字，用「手指字讀」方式讀出聲音，並且用眼睛盯著單字記憶。

❸ 從用紅色學習記憶板遮住單字解釋，從第一個到最後一個，以「英語→日語」交錯「手指字讀」的方式，確認這一百個單字記住了多少。

❹ 如果單字的意思想不起來，或是記不住的單字，請在單字旁的確認欄用鉛筆畫上 ✔ 記號（《英檢五級　頻出單字》的每個單字旁都有確認欄位）。

❺ 從標記了 ✔ 記號的單字開始，再按照著158～161頁的步驟，用「手指字讀」和用眼睛看著記憶的方法再背一遍。

❻ 用紅色學習記憶板將這些畫有 ✔ 記號的單字遮起來，確認是否記起來了。背起來的單字，可用橡皮擦把 ✔ 記號擦掉。

❼ ✔ 記號全部擦掉後，就算完成了一百個單字的學習。

每週只要花五天（一週休息兩天），那麼二十個單字×五天＝一百個單字！

持續六週（一個半月），很快就能記住六百個單字了。

然後六週（一個半月）之後，同樣的範圍再背一遍。

如此「三個月就能記住六百個單字」了！

「在家裡，三個月要把小學四年的單字記起來，這根本辦不到呀！」

這麼認為的爸爸、媽媽，因為沒有考試，所以無法確認小孩有沒有真的把六百個單字都背熟吧？但這不是重點！

❶ 貫徹力：能持續下去。

❷ 自我肯定感：享受成就感。

❸ 能力感：四年的上課內容只用三個月就學完了。

❹ 安心感：只要願意去做就會成功，父母親會陪在身邊。

達成目標會讓孩子產生這四種被肯定的感覺，並讓他們受用一輩子。

三個月的時間真的很短！

三個月應該能記住六百個單字

● **太棒了！親子一起休息一次。**

● **孩子越有自信就進步得越快。**

三個月記住了英檢五級的六百個單字之後，下一步就要挑戰「英檢四級」（國中中級程度）的六百八十個單字。

背的方法完全相同。課本的部分，推薦使用《英檢四級　頻出單字》。

一週一百個單字，七週背六百八十個單字，這也是以三個月左右背完為目標。

● **沒自信的孩子，可以再複習一次英檢五級的單字。**

先試三個月看看，如果單字還是讀得不太好，或是記不起來的話，就再複習一次英檢五級的單字。

千萬不要著急，本書所說的「三個月記六百個單字」，只是一個目標而已。

就算現在不太會，但要是現在就放棄，那永遠都不可能成功的。

每一個孩子的程度都不同，請給予適當的彈性。

有些孩子一開始就衝得很快，但也有孩子起頭慢，後面卻急起直追的。

現階段就斷定「我家孩子不行」，不但是**錯誤的想法**，而且對孩子也不公平。

不要跟其他孩子比較，父母全心地投入，把它想成「孩子的腦袋還沒開竅，所以背不起來」吧！

聽聽會讓孩子「想繼續背」的父母怎麼說

不管有沒有背好，都要稱讚孩子！

任何人在一開始都很難抓到訣竅，尤其是第一次開口讀英語的孩子，不知道自己到底讀得對不對，讀的單字是什麼意思，甚至納悶為何會有跟日語完全不同的語言。

所以，完全沒有學過英語的孩子，**要把重點放在「看字讀音」而不是「記憶」單字**。

另外，還要讚美他們。被父母稱讚，被父母肯定，會讓孩子產生自信。摸摸孩子的頭，抱抱他們，肢體的鼓勵也是相當重要的。

「讀得不錯耶，○○好棒喔」、「今天很努力呢，明天我們再一起加油」等，讓孩子感受到來自父母的鼓勵，讓他們產生繼續學下去的動力。

測驗，但絕不考試。

馬上就想考試，可能是父母跟老師的天性吧，而紅色學習記憶板不過是來確認背誦的程度，不是測驗是否背起來的考試。

考試會讓孩子覺得「在被測試」，讓他們害怕自己背得不好，這樣反而會影響他們背單字的成效。

與其指出他們沒做好的部分，不如去獎勵做得好的事情，這是提升孩子動力的基本。

不是確認哪一個單字沒背起來，而是要看哪些單字記起來了。

現在記不起來也沒關係，以後一定可以背起來的。

只要成功過一次，不論遇到什麼難關都能度過，而且也會願意接受下一個挑戰。請以這個作為目標吧！

不聊天，集中注意力五分鐘！在「開始厭煩前一分鐘」結束。

為了不拖泥帶水，而能在短時間內集中注意力，父母或孩子在背單字的五分鐘期間內，禁止聊天。

不要用「不對喔」來糾正孩子，也不該用「應該要這樣」來教導孩子。

而且也不能指責「英語的發音不對」。

孩子要是感到費力或是覺得厭煩時，**請在「開始厭煩前一分鐘」結束**。不能等到他已經耐不住性子了才停止。

集中注意力五分鐘，用耳朵、嘴巴、身體來幫助記憶吧！

活用「零碎時間」來記單字。

這個單字記憶法具有一項優點：**因為只要五到十分鐘，所以利用日常生活的零碎時間就能完成。**

即使這樣，還是有很多人覺得「很難做到」。

我想理由應該是：**「教材不是放在能隨手取得的地方」**。

就算覺得「現在有時間可以背」，但因為單字書放在其它房間，要去拿太麻煩了。身邊沒有文具，教材收起來了，還要翻出來太花時間了——在猶豫不決時，寶貴的時間就這樣溜走了。多浪費呀！

所以，我建議能準備**「記憶單字組合」**。

其實，就是把需要使用的物品放在一起而已。

單字書《英檢五級　頻出單字》、附贈的學習記憶板、音檔播放器、鐘錶或是計時器、鉛筆、紅筆等等，將記憶法所需的物品全部放進百元商店買來的收納盒（圖15）。

並在盒子外面寫上孩子的「名字」，以及「開始／結束」的預定日期。

（例如：大分太郎二〇一七年五月一日～七月三十一日預定結束）

這段期間，只要孩子在家，不論他走到哪裡，記憶單字組合就搬到哪裡。

這樣在吃完早餐後，父母就可以跟孩子在餐廳背五分鐘，或是放在玄關，等學校放學回家的時候，搬去找在廚房忙的媽媽，然後背五分鐘。睡覺前，在床邊也背個五分鐘——利用這些零碎時間就可以背起來。

只要能重新播放熟悉的音檔，之後小孩就可以自己進行練習。持續幾個月的時間後，等孩子記住發音規則，就算沒有音檔，也能夠自己讀了。

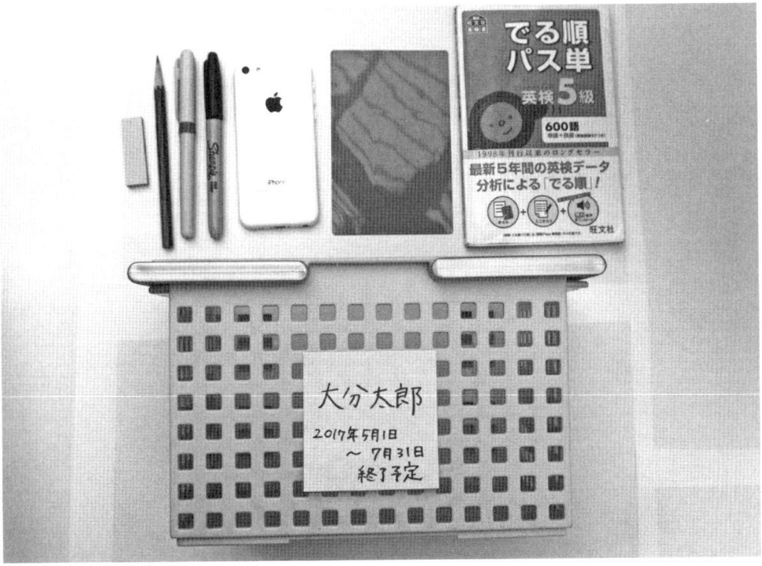

圖 15　「記憶單字組合」能引發孩子的興趣。

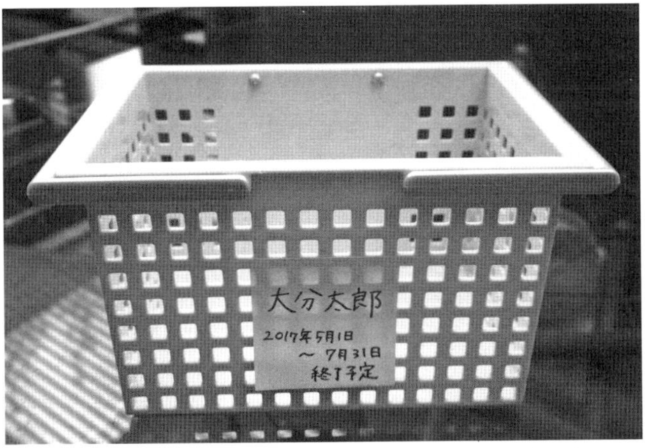

圖 16 家裡任何地方都可以背單字，孩子也願意繼續下去。

在家的時候，只要想到任何地方都可以背——如果能養成用遊戲的方式來背單字的習慣，那就更棒了（圖16）。

或許各位讀者會這麼想吧——嘗試了三個月，但六百個單字只記得五十個，沒有達成目標，我家孩子就是做不好——各位想太多了！

「三個月要把一整本單字書背完」、「三個月就要記住國中一年的六百個單字」等，跟父母在孩子的這個階段相比，**他們的完成度已經相當高了**。

而且，就算把六百個單字都背起來了，過了一段時間，任何人都可能會忘記的。「這個單字背不起來」或「應該記得的，怎麼會忘了呢」等情形將會不斷發生。但是在不知不覺中，原本背不起來的單字，或是忘掉的單字絕對可以記牢的。

不需要太要求完美，適當就可以了。

另外，我們要知道成就感與「自動自發」有關。

已經完成過一次的事，下次再做就會變得比較簡單。達成目標後，接下來會設定更高的目標繼續努力。

完成英檢五級、六百個單字程度的孩子，應該會有「接下來要背六百八十個單字」（英檢四級程度）的想法吧！

所謂自發性的挑戰，指的就是孩子自動自發想去做一件事。

這樣的孩子，不管是單字力、英語能力都會有相當程度的進步。

最後，請讀者務必觀賞，收錄在本書最後的「優惠特典」第10頁，由哈佛學生和茱麗亞音樂學院學生作詞、作曲、演奏的單字歌影片「School Trip Song」（一起去遠足）。跟著歌曲一起記單字吧！

★影片4：哈佛和茱麗亞音樂學院學生作詞、作曲、演奏的單字歌影片「School Trip Song」（一起去遠足）。

CHAPTER 5

小學生也能看懂大學入學考試題目的「超級看字讀音法」

從小開始接觸大量英文，會產生一石五鳥的快樂循環

要學習英文，就必須接觸大量的英文單字及閱讀英文文章。

英文最重要的就是閱讀。比起聽、說、寫，應該要先掌握英文的閱讀，了解它的意思。

要培養孩子的理解能力，就要從最困難的閱讀開始。

並非因為年紀太小而看不懂。

那是因為大人們小看孩子的能力，沒有給他們適當的教材而已。

在小學高年級的階段，只要能看懂大學入學考試程度的長篇文章，那麼應該也可以寫英文作文，而且口說也不會有太大的問題。

不是會寫ＡＢＣ或是「Hello！How are you？」，而是**從小就要大量閱讀英文。**

孩子不但做得到，而且還非常願意呢！

因此，等孩子養成輕鬆背單字的習慣，接下來就讓他大量閱讀英文的長篇文章。要是能在家裡做，那麼不但能提升英文能力，**國語能力也會跟著進步的**。比如會去在意世界所發生的事情，對其它科目會產生好奇心，家人之間的聊天內容也變得更加豐富，簡直就是**「一石五鳥的快樂循環」**呢！

抄寫只是浪費時間和體力——多接觸英文才是好方法！

有不少以兩歲幼兒到幼稚園學童為對象的英語教室，會讓學生以抄寫的方式來背英文字母和單字。這種教法**我不太推薦**。

因為幼童，尤其是要上小學的六歲小朋友，手部肌肉力量不足，**握筆能力比較差**。讓不太會握筆的孩子抄寫，當然會寫不好，而且很容易累。

如此，寫不漂亮這件事就變成失敗經驗，說不定會去討厭英語學習。專門招收幼兒的英語教室，上課的時候通常會很喧鬧，而為了要讓學生安靜，讓他們抄寫是最快的方法，甚至有父母也會希望這麼做。

有這種做法的英語教室不占少數，但我希望大家可以理解，**抄寫只是浪費時間與體力**。等上了國中，幼兒需要五分鐘才能寫完的，大概十秒就可以抄完。

比起去抄寫一些幼稚無聊的東西，不如從小就讓孩子閱讀比較難的英文。藉由閱讀去接觸豐富的單字和文章，對於提升英文能力比較有幫助。

不管文法，不去翻譯，瀏覽即可

閱讀長篇文章，然後將它翻譯成日文，就表示讀完了——這是在學校學習英文十分常見的做法。在日本，也有許多人認為學習英文就是「把英文翻譯成日文」。

但這其實並**不正確**！「閱讀英文」並不是用文法來分析文章，而是了解文章的內容。將所有單字的意思和文法了解透徹的翻譯，只是在浪費時間，對於英文學習並沒有太大的幫助。

因為不是商業方面的合約或是國家級的締結文書，所以即便不是所有單字都知道意思，只要大概掌握文章重點也就足夠了。

有時間說明文法的話，不如去了解文章大意，然後繼續往下閱讀。不翻譯也沒關係，不注重文法也是OK的。

忽略文法，反而讓人更容易理解文章的文法架構，很不可思議吧！

「瀏覽」能加快閱讀的速度，而這是提高孩子「英文閱讀能力」的必要條件。

首先，父母要有這種概念才可以。

音讀就能一石四鳥！解決所有「單字、閱讀、聽力、口說」的煩惱

我認為，學習英文應該要重視的是能**「流利地看字讀音」**。

為什麼呢？

因為看字讀音具備了許多有助於學習英文的優點。

其中，又以**「能親耳聽到自己的英語發音」**最為重要。

而且也具有下面**三種效果**：

❶ **幫助記憶。**

前一章提到的「一天五分鐘，輕鬆背單字方法」中，看字讀音是非常關鍵的一環，比起默唸，**唸出聲音來，然後確認自己的發音，這樣更能加深印象**。

❷ **熟悉英文的發音。**

看字讀音具有加強**「聽力」**和**「口說」**能力的優點。

不是太難的英語卻聽不懂，或是一時之間不知該怎麼說，這都是因為**耳朵與嘴巴還沒習慣英語的發音**。

英語中有許多日語所沒有的發音，要是不讀出聲音，就會對**「連續的外國語發音」感到排斥**。

因此要跟著讀出聲音，聽自己的英語發音，這樣才能讓耳朵與嘴巴一起習慣英文的發音。

③ 養成「用英文來理解英文」的習慣。

日本人默讀英文時，通常都會同時翻成日文，去想句子的意思。

這樣就會去在意文法和文章架構了。

而讀出聲音的話，能夠一直看下去，就算不懂文法，也不能停下來思考。

因此不必考慮文法或日文翻譯，跟著文章往下閱讀，這樣就能**用英文來理解英文**了。

對學習英文來說，看字讀音「只有好處，沒有壞處」。

不但能訓練閱讀力，還能幫助記憶單字，培養聽力及口說能力，簡直是「一石四鳥」，絕對值得各位去嘗試。而且，**小孩子也很喜歡大聲地跟著讀**。

前面提過的M和S姊弟倆，第一次到教室參觀時，聽見幼稚園和小學低年級學生一起用高分貝讀長篇文章，就說：「哇，好棒喔。像合唱團！」、「像在唱歌，好像很好玩。」

所以，**學習英文最重要的就是「看字讀音」**。

「超級看字讀音法」三個技巧——Repeat（重現）、Shadowing（跟讀）、Overlap（同步發音）

加強「聽力」跟看字讀音的練習方法，有三個技巧。

那就是**Repeat（重現）、Shadowing（跟讀）、Overlap（同步發音）**。

這跟發出聲音讀教材的一般「讀音」不同之處，就是要使用教材所附的音檔（CD等）。

模仿音檔練習，是這三種訓練方式的特徵。做法如下：

- **Repeat：聽英語的音檔「後」看字讀音。**
- **Shadowing：不要看英文，把聽到的英語「立刻」跟著讀。如字面上的意思，像音檔的影子一樣，模仿它的聲音。**
- **Overlap：一邊看著英文，跟著聽到的英語音檔「同步」讀音。**

這是超越看字讀音的**「超級看字讀音法」**的三大基本原則。

透過「超級看字讀音法」，可以同時訓練「聽力」和「閱讀力」。

我準備了三分鐘實際進行這些訓練的影片，請掃描下頁 QR Code 觀看。

★影片2：「超級看字讀音法」三大技巧——Repeat、Shadowing、Overlap。

親子愉快地輕鬆學習「超級看字讀音法」

接著要來進行閱讀課囉！

學習英文的基本是「背」。

不去「背」，就直接上作文、討論、交涉等課程，是不可能的。

就像記住的單字越多，越能理解英文的意思，只要記得的單字越是豐富，英語表達也就會越來越順手。

總之，只要大量閱讀英文，並且去背誦的話，那麼出現在文章裡的單字及文法自然就能記住，然後成為**自我表現的最強工具**。

我經常說「忽略文法」，就是指在背英文的時候，不要去管文法或是架構，全部背起來就好。

不擅長背誦的Y君（小二），之所以具備考過**英檢準二級**（高中中級程度）的單字程度，就是因為他在每週背一百個單字的同時，也會**「閱讀英文並且背誦」**。閱讀英文時，就算碰到不認識的單字，藉由完整記住那篇文章，單字也會一起記住。

大量背誦英文，讓Y君具備了英檢準二級的閱讀能力，而且單字量也跟著增加。

看各位要如何進行英文閱讀、記憶、背誦的訓練。我建議，先從對初學者而言比較簡單、孩子也愛看的繪本開始吧！

只要五分鐘！
在家就能輕鬆閱讀英文繪本的「超級看字讀音法」

目標

用一個月來看字讀音、背誦美國小學二年級程度的繪本。

用一個月的時間閱讀適合美國四歲至小學二年級學生的繪本，目標是把繪本的英文背起來，然後不看書就能背出來。

美國小學二年級的繪本英文程度，跟日本國中的英文補充教材差不多。

因此，只要能輕鬆看懂繪本，那麼日本國中三年級的教科書也能看得懂了。

教材

艾諾．洛貝爾的《*Frog and Toad Are Friends*》中的「The Letter」（共十二頁，HarperCollins）。

期間

將一章的十二頁分成四等分，一週讀三頁。

↓

一週五天，鎖定同樣的三頁，每天都要看字讀音。下週再進入下一個三頁。

↓

四週後，就能看字讀音完這十二頁了。

每天只要花五分鐘！把它當作刷牙，養成每天看字讀音的習慣。

開始前注意事項❶——用日語熟悉「跟讀」（附免費影片）

如前面所說，所謂的「跟讀」就是，聽英語的聲音後**「立刻」像「影子」一樣重複讀一次**的英語學習法。

在此課程中，也會以「跟讀」方式來讀英文繪本，而在用英語「跟讀」之前，首先用日語來練習一下「跟讀」的技巧。

題材可以挑選孩子喜歡的電視卡通或動畫網站（日語）。

選定一個出場人物，看著畫面，跟在那個角色後面，模仿他說的台詞。

另外一個更適合用來練習的，就是電視新聞報導。因為主播不會走動，容易模仿。

重點就是，**不是聽完一整句話才接著說，而是稍微慢一點、宛如重疊起來地跟著說**。

最重要的是，**不去思考意思是什麼，單純去聽「聲音」就好**。

要是去想它的意思，就會跟不上模仿對象的聲音了。

只要專注在把耳朵聽到的聲音重現這件事就好了。

一開始可能會手足無措，但只要習慣了，就會很順手。

我以三分鐘影片來簡單介紹練習方法。

孩子可以看影片來學技巧，父母也可以一起挑戰。

★影片2：「超級看字讀音法」三種技巧——Repeat、Shadowing、Overlap。

開始前注意事項❷——用日文和插圖了解大概的故事內容

突然給你一篇英文故事，一般人恐怕還是會有點排斥吧！

要是繪本有日文翻譯，那麼**可以先跟孩子一起看日文版的故事**，稍微了解一下故事內容。

有不少英文繪本都有出版日文版，可以去書店找找看。沒有日文版本的話，光是看插畫，應該也可以知道故事內容。

【音讀、背誦步驟一】
不看文章！光聽聲音「跟讀」

使用附送朗讀CD的英文繪本《*Frog and Toad Are Friends*》（請參考193頁圖17）來練習吧！但先不要看繪本的文章。試著挑戰看看，**不要看文字，光聽聲音來「跟著讀」**。步驟是：

❶ 闔起繪本，播放音檔。

❷ 模仿聽到的英語聲音，跟著複誦（跟著讀）。不去想故事情節，或是文章的意思。**聽英語的「聲音」，注意力集中在複誦。想像「兩公尺外都要聽得到聲音」**，大聲地讀出來。

❸ 一開始沒辦法跟上是理所當然的，但**千萬不要停下來**。**別去在意，別停下來，快速聽過，大聲地讀出來。**聽不清楚或跟不上——完全不必在意。**能完成百**

分之四十就很完美了，百分之二十也很厲害。

❹「跟讀」完了一章後，請讚美孩子。比起「完成多少」，更重要的是「一章的十二頁都有做到」。這一點就很值得稱讚了。

【音讀、背誦步驟二】挑選有音檔的繪本，同步進行「手指字讀」

現在可以翻開繪本了。挑選《*Frog and Toad Are Friends*》中的「The Letter」。邊聽聲音，**「同步發音」並「用手指著」繪本的文章來看字讀音**。

※「Overlap」（同步發音）＝眼睛看著英文，跟聽到的聲音同步讀出聲音。

※「手指字讀」＝從左往右，一邊指著要讀的英文，一邊讀出聲音（請參考157頁）。

日本小學低年級的國語科課本有「青蛙與蟾蜍」這一課，不少孩子應該都讀過。

我們要遵守的有五個步驟（請參考192～193頁）。

❶ 閱讀繪本需要用到「超級看字讀音」技巧當中的「跟讀」與「同步發音」這兩項。首先，播放音檔。可使用附贈的CD，或是 YouTube 等。

❷ 書本闔起來，不看英文、只聽聲音來「跟讀」。聽到聲音就立刻跟著讀，先別管單字的意思，只要聽清楚聲音就可以了。

❸ 然後翻開書，看著英文「同步發音」。這時候需要「手指字讀」。指著文章裡的文字，一邊確認聲音跟文字，一邊看字讀音。手指著讀，讓注意力集中在指尖，而且連「眼睛」也會一起去記憶。

★ 「手指字讀」的方法

從左開始，手指著英文字母，指著要讀的字，讀出聲音。

就像看樂譜一樣，眼睛盯著發出聲音的下一個字。

（耳朵聽聲音）"Yes, "said Toad.

（手指著唸，眼睛確認）（從左開始）

（跟音檔同步讀）"Yes, "said Toad.

按照這個要領，讀完整個範圍。

❹ 一開始，就算不太流暢也沒關係。可是中途不要停下來，要繼續往下讀。

❺ 文章共有十二頁，一週三頁，四週就能讀完了。在「同步發音」讀完每天三頁的份量後，請稱讚孩子。比起「會不會」，能夠「讀完一章」比較重要，能夠讀完就值得鼓勵。

看字讀音＆指著讀的五個步驟

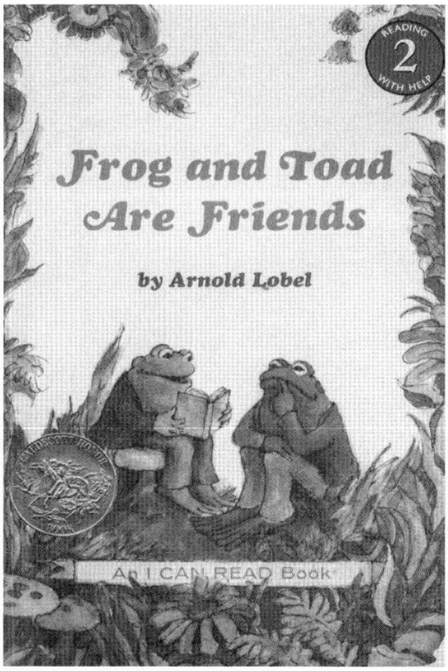

圖 17 《*Frog and Toad Are Friends*》（HarperCollins）。

圖 18 指著讀《*Frog and Toad Are Friends*》。

【音讀、背誦步驟三】不播音檔，讓孩子自行「五分鐘看字讀音&手指字讀」

每週的第五天，不用播放音檔，讓孩子自己讀。步驟如下：

❶ 從繪本的最前面三頁開始，**用手指著文字，看字讀音**。

❷ 遇到不會讀的就直接跳過，**繼續往下讀**。

❸ 全部讀完的話，摸摸孩子的頭，給他一個擁抱，**好好地稱讚他吧！**

透過每週的四天，重複練習「跟讀」和「同步發音」，孩子的「閱讀能力」和「聽力」一定會有進步的。

每天五分鐘，持續四週，一個月後，孩子就能自己看字讀音，讀完整本繪本了。

而且在讀完的十二頁當中，應該也記住了其中的幾頁吧！

請各位父母牢記！

你的孩子要比各位所想的聰明好幾倍！

我教過三千個小朋友，所以能如此斷言。

【音讀、背誦步驟四】舉行發表會！在父母面前，不看繪本的「重新呈現」

最後就要驗收了，讓孩子讀給爸爸、媽媽聽。

練習一個月之後，讓孩子不看繪本，挑戰背誦吧！

❶ 記得的內容就用背誦的，不記得的則看書讀音。**把客廳當作舞台，讓孩子站在前面發表**。

❷ 看字讀音或是背完之後，**站起來，拍手鼓勵！**然後稱讚他們。孩子會感到「非常有成就感」，應該很想繼續讀下一本繪本。

推薦教材的英文，**跟日本私立國中使用的程度差不多**。也就是說，孩子已經**具備同等的英文程度**了。

是不是覺得他們非常棒呢？

課程當中，在逐漸提升教材難度的同時，也提高孩子的閱讀能力，**只要兩年，小學生就能輕鬆閱讀大學入學考試程度的英文了**。

我們以影片的方式，用附錄「優惠特典」第一項的「哈佛學生創作的故事」為範例，說明繪本的閱讀方法。請務必在家試試看。

★**影片3：只要五分鐘！在家就能輕鬆閱讀的「超級看字讀音」課。**

誘發孩子的學習動力，父母的六個心得

不去指責錯誤。

聽孩子發音時，**不要中途指責他的錯誤，也不要叫孩子停止。**以傳統方式學習英文的父母，說不定還有可能糾正錯誤呢！

而且實際溝通的時候，是不可能在說話途中制止的吧，這樣並不禮貌。

不是命令孩子「去○○」，或是糾正錯誤，而是提醒孩子**「這裡的嘴型跟日語不一樣喔」、「再一起聽一次音檔吧」**，這反而比較重要。

面帶笑容地聽，不要吝嗇去讚美。

「我要讀給媽媽聽！」等孩子比較熟悉之後，會自動自發地求表現。**這裡特別重要！**

請面帶微笑，回應他：「好哇，來讀給媽媽聽。」

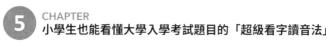

父母開心地聽自己讀文章，小孩會很高興的，練習也會變得更有動力，然後會更願意讀給父母聽。

孩子讀完後，抱抱他，鼓勵他。**就算有錯，也假裝沒聽到。一句「讀得好棒，有進步喔」，再加上親子的身體接觸，將提高他想繼續練習的慾望。**

但就算「跟著讀」和「同步發音」做得不太好，也要鼓勵他：「哇，〇〇在讀英語耶，好棒喔！」

沒辦法在一個月內背誦完，也要請各位爸媽盡情地去稱讚孩子：「媽媽在小的時候只會唱ＡＢＣ的字母歌，根本看不懂英文書，**〇〇卻挑戰看英文書，真的好厲害！我們明天再試試看！」**

父母也一起學習。

人在幼兒期自然習得的語言稱為**「母語」**，出生國家使用的語言則稱為**「母**

國語」，但英文在表示這兩種語言時，都是用**「mother tongue」**來表現。

我認為，這也可解釋成「語言是跟母親一起學習的」。

「如果要他『讀看看』才剛開始背的教材，或許還沒有辦法，但要是跟他說：『媽媽也跟你一起讀。』那他就會試著努力看看了。**在一起讀的過程中，耳朵、眼睛以及頭腦會變得靈活，到最後就可以自己讀了。」**

這是上了七週的課，**就具備英檢五級程度**的M妹（小三）媽媽的感想。父母要拋開「自己不會，所以不願去做」的想法，應該要**陪著孩子一起讀繪本**。

孩子的內心會因為「跟媽媽（爸爸）一起學」而開心，然後增強學習的動力。

比起「要加油」的命令，媽媽（爸爸）一起陪著讀繪本，會讓孩子更願意去做。

泡澡時，活用「牛奶盒」進行的英文學習法。

學習英文是要日積月累的。讓孩子覺得讀英文很「快樂」，或是「今天也想讀」。而父母能夠做的，就是創造出讓孩子快樂學習的環境。

在我班上，有卓越學習成績的孩子，他們的父母都下了很多工夫在家庭學習上。比如說，小二就考過英檢準二級的Y君，他的媽媽就**把牛奶盒剪開，然後在背面用油性筆寫上繪本內容，跟孩子泡澡時，一起練習看字讀音**（圖19）。牛奶盒防水性佳，泡到水也不容易破。跟著媽媽讀的聲音，**兩個人指著牛奶盒上的文章一起讀**。泡澡時，**就像玩遊戲似的，母子倆開心地練習發音**——這個想法非常棒。

把字放大。

我在開始教Sumire讀英文時，則是**把繪本的英文放大抄寫在模造紙上**。比起小字，**小孩子比較容易記住大字**，印象會比較強烈，也比較方便看。所以繪本中所有的文章**我都會把字體放大**（請參考201頁圖20）。

家人一起聽晨間廣播講座。

為了習慣「跟著讀」和「同步發音」所需的英文發音，所以**每天早上，全家**

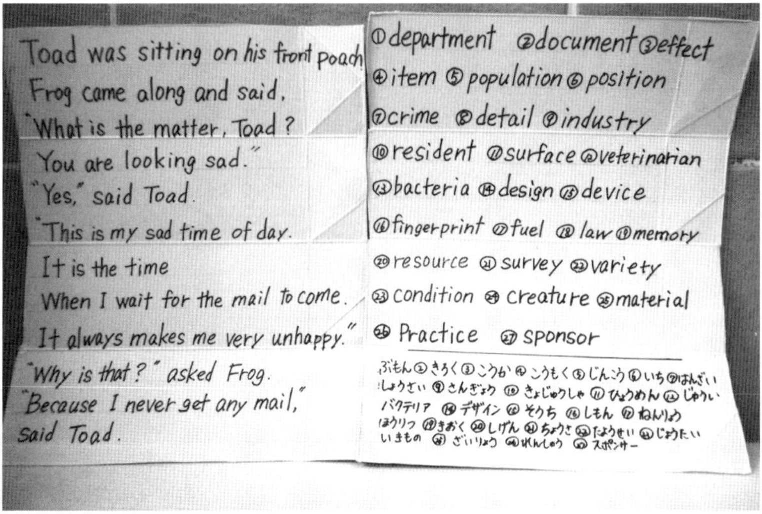
Toad was sitting on his front poach
Frog came along and said,
"What is the matter, Toad?
You are looking sad."
"Yes," said Toad.
"This is my sad time of day.
It is the time
When I wait for the mail to come.
It always makes me very unhappy."
"Why is that?" asked Frog.
"Because I never get any mail,"
said Toad.
①department ②document ③effect
④item ⑤population ⑥position
⑦crime ⑧detail ⑨industry
⑩resident ⑪surface ⑫veterinarian
⑬bacteria ⑭design ⑮device
⑯fingerprint ⑰fuel ⑱law ⑲memory
⑳resource ㉑survey ㉒variety
㉓condition ㉔creature ㉕material
㉖Practice ㉗sponsor

圖 19　妥善利用牛奶盒的內面，泡澡時也能快樂讀繪本！親子一起學英文。

"Yes," said Toad.
"This is my sad time of day.
It is the time
when I wait for the mail to come.
It always makes me very unhappy."
"Why is that?" asked Frog.
"Because I never get any mail,"
said Toad.
54
"Yes," said Toad.
"This is my sad time of day.
It is the time
when I wait for the mail to come.
It always makes me very unhappy."
"Why is that?" asked Frog.
"Because I never get any mail,"
said Toad.

圖 20　如果覺得手寫有點累，直接放大影印也可以喔！

都要一起聽十五分鐘的「NHK廣播基礎英語」，這是小四就考過英檢二級的T君媽媽的做法。父母和小孩，全家三個人邊吃早餐邊聽英語廣播。一早醒來，就會有人去打開收音機，這是他們家的習慣。

仔細想想，孩子的日語也是不知不覺中從模仿父母講話、發音學習而來的，英語當然也是一樣。要在日語環境中學習英語，就必須模擬出一個英語環境不可。話雖如此，卻可能因為家庭的教育方針，學習才藝、運動等安排，不可能讓所有孩子都去全英語學校、幼稚園（整天都在講英語）上課。

但如果**使用「在家輕鬆學英文的超級看字讀音法」，應該很容易模擬出一個全英語的學習環境**。

CHAPTER 6

只要模仿哈佛學生創作的英文，也能教孩子英文作文

為何父母親要培養「書寫能力」？

在前言時提過：「在我的英語教室實施的學習方法，不但成果卓越，而且還能讓整個家庭變得更加和樂。」

「坐在看字讀音的孩子身旁，會讓人想起過去曾經熱衷學習英文的自己。」

「二〇二〇年對父母來說，或許也是一個重新學習英文的時間點。」

「孩子在很短的期間內，背完好幾本單字書，身為父母的我，說不定會被追過去呢……」

這些可能都是各位父母的心聲吧！

有討厭英文的父母，也有許多父母是完全看不懂英文。

我們就從挑戰英語四技能當中，最為困難的「書寫」開始吧！

想表達自己的想法和意見，就只能選擇「口說」或是「書寫」這兩種方法。

相較於口說，書寫可以不斷地修正，所以**對日本人來說較為適合**。

不必擔心，因為是非常基本的學習方法，所以任何人都能辦到。等父母具備了「書寫能力」，學會了基本做法，然後再教孩子吧！

什麼？工作太忙沒辦法？小孩子其實也很忙的呀！而且他們也承受了來自父母親、學校和社會的壓力。

為了自己，更為了孩子，請重拾過去學過的英文，愉快地磨練「書寫能力」吧！

英文作文就是「英背文」！「背誦」至上主義

在英語四技能當中，難度最高的就是「書寫」這一項。

從小就住在日本、使用日語來溝通的日本人，要「從無到有，自己寫出一篇英文文章」當然很困難。

真正學過英文的大人都未必寫得出來了，那才剛學英文的孩子不就更不可能了？

應該怎麼辦?答案還是——「背」。

學習英文時，我們常聽到「英文作文就是『**英背文**』」的說法。開始寫英文作文時，不全然都是憑空想像，而是去**「背」**別人的寫作範本，再把其中內容改成自己想表達的。這就是「英背文」。

把一些正確的英文例句（範本）背起來，然後稍加修改就OK了，能寫出這樣的英文作文就足夠了。

也就是說，**能記住多少例句（範本）**，將決定你的英文書寫能力。

因此，背誦真的非常重要。

大量的「例句庫存」讓孩子相當期待

常聽說「藝術要從模仿開始」。

想要成為小說家，就要從模仿優秀的小說開始，而想學會作曲，就要去複製許多曲式。英文也是一樣的。

關於英檢的作文長度，英檢三級會要求寫二十五到三十五個單字的文章，二級是八十到一百個，一級則需要寫兩百到兩百四十個；而想要自己寫英文文章的話，先要有「範本」模仿才行。

將作為範本的正確例句記起來，然後再模仿範例來造句，這是邁入「自由書寫」的第一步。當然，書寫跟「閱讀」是不可分的。

唯有每週閱讀具有深度的文章，在自己要書寫時，才能用記憶中的表現手法及單字來表達。

在我的英語教室裡，每週一次的七十五分鐘課程中，一定會給學生安排「英文作文指導」。

因為在學習語言時，書寫是最精緻講究的輸出。

而對小孩子來說，學習重點要放在例句的背誦上。

數個月後，因為親身體驗過，他們會發現**這間教室是不管說什麼都不會被斥責的地方，毫無壓力，可以盡情寫出想說的話**。

每次我都準備不同內容的例句，在例句中安插（　　）的空格，讓孩子寫上想說的話，然後再背起來。記住之後，再寫在筆記本上。

教英文作文時，會讓他們把儲存在腦袋裡的豐富英文表現輸出，配合每一個例句的架構，重新寫出新的句子。

總之在學習英文作文的初期，最重要的是去**記憶、儲存大量的英文例句、英文呈現**。

因為如果沒有先輸入東西，自然就沒有東西可以輸出了。

儲存的例句越多，就能學會英文的組合，等到慢慢熟悉應用的方法，寫英文作文就不會是難事了。

我的教室，有些幾週前才開始學英文的孩子，他們說**「喜歡寫英文作文」**、**「寫**

自己想寫的好有趣」時的眼神，總是散發出喜悅的光芒。

他們會覺得英文作文有趣，是因為有把例句先背起來。

他們也用寫克漏字的方式來記憶比較長的例句。先對例句看字讀音，然後背起來，再填入「專屬自己」的文字，繼續背起來，最後寫在自己的筆記本上。

父母也沒有壓力！模仿、記住哈佛學生創作的英文就可以了

挑戰本書的例句後，可以去背問題集，或是專門介紹英文構成例句的參考書等。

❶ 對例句看字讀音&手指字讀

我們來寫關於**「My Typical Day」（我的一天）**的英文作文。

相當容易寫的題目吧！

首先，將「例一」看字讀音後，並且「手指字讀」，記起來。

接著，這篇例文的一部分用（　　）或畫出下線，留下要填空的部分，再把自己喜歡的文句填入空白處。

【My Typical Day】克漏字作文練習問題

請寫下你的一天（下一頁）。有不知道的單字可先填上日文。

重點是，**內容虛構也沒有關係**。

因為是寫英文作文，所以不必說得太詳細。

就把它當作是一篇要背的英文文章就可以了。然後，將填寫完整的文章用「手指字讀一

例一：看字讀音＆手指字讀

【My Typical Day】

I wake up every day at 6 am. I first get dressed and brush my teeth. Then I eat breakfast with my family. Then I take the bus to work. I have work from 9am to 5pm. After work, I go home and cook. I have dinner at 7pm and then go to bed at 11pm.

【我的一天】

我每天早上六點起床，先換衣服跟刷牙，然後跟家人一起吃早餐。接著搭公車去工作，從早上九點工作到下午五點。工作結束之後，回家煮晚餐，晚上七點吃晚餐，十一點就寢。

次」，把它背下來。

如果難背，就先把每一句的前面幾個字寫下來，再編上號碼。看著提醒來背也沒關係。

1. I wake up
2. I first
3. Then I
4. Then I
5. I have
6. After work
7. I have

❷ 背起來後，發出聲音背誦。

把填入自己喜歡文句的文章背起來，並且背誦一遍，這就跟「口說英文」的自我介紹是一樣的（請參考224頁）。

完成例一的人，不妨挑戰看看例二的英文作文。

【My Typical Day】

I wake up every day at_____________. I first_____________.

Then I eat breakfast with_____________.

Then I______________________________________.

I have work from_____________to_____________.

After work, I go home and_____________.

I have dinner at_____________and then go to bed at_____________.

例二：哈佛學生創作的英文作文例題

【My Favorite Season】

My favorite season is spring. I like spring because it gets warm, the trees and flowers blossom, and baby animals are born. I look forward to spring all winter, because when it is cold outside I imagine being warm and happy in the spring. In the spring, I like to have picnics, lie in the grass, go hiking, and play outside. The only thing I don't like about the spring is that I am allergic to spring pollen. That means I sneeze a lot in the spring!

【我最喜歡的季節】

我最喜歡的季節是春天，氣候溫暖，綠樹盎然，繁花盛開，動物們也迎接新生命的誕生。在寒冷的冬天，抱著期待的心情，想像溫暖春天的來臨。春天可以到戶外野餐，躺在草地上，到野外郊遊、遊玩。但因為我有花粉症，所以到了春天會不斷打噴嚏，只有這一點讓我覺得很困擾。

這是**哈佛學生創作的「My Favorite Season」（我最喜歡的季節）英文作文例題**。以簡單通俗的單字，就能豐富地表現出春天是一個如何美麗的季節。

模仿是英文作文的基本，所以請先仔細閱讀哈佛學生的例文，然後盡可能「英背文」，模仿他們文章的架構，並且背起來。**這兩個例子，請看字讀音後熟記**。藉由朗讀哈佛學生所寫的英文，讓它在淺移默化中變成屬於你自己的文章。

父母改變了想法，教育小孩變輕鬆了

記住英文作文之後，務必要**在孩子面前發表**喔！

就算只記住例一，但如果能把哈佛學生創作的英文背出來，它就會變成你的了。

父母喜歡的東西，孩子也會跟著喜歡。認真的父母最令人崇拜了。

接著，看是用日語或是英語去問孩子：「○○，你喜歡哪一個季節呢？」、「為什麼？」

透過親子愉快的對話，孩子很快就想寫英文作文了。

有位母親曾對我說：「父母親要是只關心孩子有沒有讀錯，或是知不知道意思的話，就根本無法感受親子相處的樂趣了，然後只剩下生氣與責罵。**老師介紹的家庭學習法，改變了父母的想法，讓教育小孩變得比較輕鬆。**」

只要能夠幫助各位父母，陪伴孩子在家養成「一流英語能力」，並讓家庭和樂融融，那我就心滿意足了。

CHAPTER 7

在家訓練「一分鐘演講」的方法

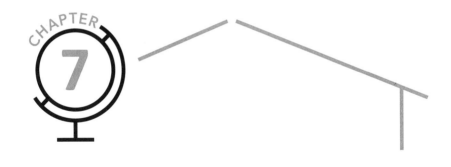

適用TOEFL＆英檢考試！一分鐘英語表現課

終於要進入英語四技能的「口說」了。原本應該把四技能中最困難的「書寫」放在最後，但我刻意把全家人都能參與的「口說」留在最後介紹。

限制時間跟TOEFL的口試問題相同，**十五秒的思考時間，四十五秒的口說時間，共計一分鐘。**

TOEFL主要是測驗英語的「閱讀」、「聽力」、「口說」和「寫作」這四種技能，所以不但是申請留學時的基本英文要求，也是日本某些大學的入學考試評分標準一部分。

在四種技能中，口說測驗是使用電腦進行的，考生必須觀看電腦螢幕上的題目，**思考十五秒，再對著麥克風以英語來回答。**

日本全國學力測驗的國中英語，今後也將會用錄音的方式來測驗「口說」的能力。而不久的將來，全國統一的大學入學考試應該也會採取TOEFL的形式來測驗學生。

思考問題的時間十五秒，回答問題的時間四十五秒，所以等於有一分鐘的時間限制。

先用「日語」來練習的話，不但是訓練TOEFL口說考試的第一步，同時這對孩子將來用日語進行發表也有很大的幫助。

英語等等！先用「日本語B」來練習一分鐘口說訓練

我們可以先用「日本語B」（請參考第三章）熟悉「十五秒思考，四十五秒回答」的考試模式。

光聽到「要在四十五秒內用英語回答」，可能會覺得「不可能」，但如果是用日語的話，困難程度應該就降低許多了吧！

用講求**「先說結論」、「要有理由」、「描述事實」邏輯的「日本語B」來練習**，只要習慣了，那麼只要把「一分鐘口說」的日語換成英語就沒問題了。

將來用英語挑戰時，就不會那麼困難了。

不管是孩子或父母親，平常很少有機會說出自己的意見，所以這會是一個很有趣的任務。

而且**只有一分鐘，隨時隨地都可以練習**，不會有學習很辛苦的感覺。

介紹英語教室跟研討會的例子吧！

我們的問題是：「如果要做生意的話，你會選擇什麼樣的行業？」

「思考時間，十五秒。」

然後十五秒過後，用四十五秒來發表。

●幼稚園的S妹妹

「我要開麵包店。理由是我很喜歡跟媽媽一起做麵包，希望能烤出各種好吃的麵包給大家吃。」

●小學生的Y君

「我要開一家宇宙旅行社。因為我對宇宙很有興趣，而且很喜歡看星星，希望有一天能去宇宙探險。火箭的技術也相當進步，之後想去宇宙旅行的人會越來越多，企劃宇宙旅行一定可以賺到不少錢。」

重要的是，這個課程以邏輯的方式去思考，並且做出結論。**明確地說出「結論」和「理由」，然後運用在TOEFL「十五秒＋四十五秒」的測驗中**。

先用日語來訓練，用身體感受TOEFL「十五秒＋四十五秒＝一分鐘」的時間分配法。要是因此能建立用英語演講的「根本」，那不就是**一石二鳥**嗎？

各位爸爸、媽媽也一起挑戰看看吧！

身為父母應該要以身作則，讓孩子看到你認真發表的樣子，一定會讓孩子也想跟著做的。

家裡就能進行的一分鐘演講——也適用於英檢！TOEFL式「十五秒思考，四十五秒發表」

●目標

先用十五秒來整合自己的想法，再用四十五秒以「日語」表達。這樣就學會了TOEFL iBT®口說測驗的獨立型問題的「日語版本」了。

●期間

沒有設定。

●進度

利用「週三晚餐後」或是「週日上午」等固定在每週某個時段進行。

可當作是平常的家庭活動，**帶著放鬆的心情來做**。

每天只要五分鐘，設定兩到三個題目。

● **步驟**

❶ 首先，出題者出題，回答者用十五秒來想答案。說「準備，開始」後，用碼表或計時器來計時。

❷ 等**十五秒**，結束計時。「思考時間結束！」

❸ 用日語發表**四十五秒**。「請發表！」這時候也要準確計時。

（一分鐘演講的例子）

題目：你討厭什麼東西？為什麼討厭？

「我討厭打雷，原因有兩個。一個是會發出轟隆隆的巨大聲響；另一個是萬一被雷打到會受傷。所以我討厭打雷。」

❹ 四十五秒到了，結束。「好，請停止。」

❺ 時間還沒到，或是超過都OK，不是講得很好也沒關係。孩子願意挑戰就值得

稱讚，能體驗四十五秒的感覺就可以了。

請放開心胸，說什麼都不會被嘲笑，就算不會也沒關係。搞笑當然也可以，要給孩子百分之百的肯定。

能百分之百肯定孩子的父母，也是能肯定自我的優秀人才。

整理在筆記本，能培養哈佛學生的「摘要能力」

一分鐘演講的題目舉例如下：

- 最喜歡的食物是什麼？理由是？
- 最喜歡學校的哪位老師？理由是？

- 一週當中，最喜歡哪一天？理由是？
- 暑假想要做的事情？理由是？
- 喜歡鄉村還是都市？理由是？
- 長大後想要成為什麼？理由是？
- 覺得一百年以後世界會變成什麼樣？
- 如果有外星人，覺得會是怎樣的生物？
- 聖誕老公公給你一百萬元，你要怎麼用？
- 請告訴我你最喜歡朋友的事情。

附加：用日語發表，並在一分鐘內將答案寫在筆記本上。

在發表之後，讓國小三年級以上的孩子**用一分鐘將發表過的答案寫到筆記本**。這能幫助腦袋整理。

把答案整理到筆記本，可以訓練連哈佛學生也很重視的「摘要能力」。

也就是說，能夠實踐哈佛學生注重的**「將一百摘要成一，並將內容整理得簡單扼要」**。

要是頭腦跟內心有空間，就等於有餘裕，下一個程序就會比較輕鬆，**創造力也會跟著湧現，壓力自然減輕**。

全家動員 「超簡單自我介紹」

學習「說英語」的入門，應該就是自我介紹了吧！

讓對方了解你的介紹，是進行溝通的第一步。「用英語」作自我介紹，不但是孩子跟同伴之間的對話，連商業方面也都可以派上用場。

作為口說訓練的一部分，請挑戰用英語來自我介紹吧！

這裡所介紹的英語自我介紹，是**「只要全部背起來」就能辦到，十分簡單**。

步驟如下：（請參考226頁）

❶讓孩子將「步驟❶」的自我介紹全部背起來。完全不會英語也沒關係，請家裡其他成員（父母或是兄弟姊妹）讀，孩子只要模仿發音。不必要求非常完美，差不多就OK了。

❷在「步驟❷」時，對日文看字讀音，確認是不是了解意思。無法自己讀的孩子，同樣也請其他家人一起陪著發音。

❸在「步驟❸」時，標出幾處（　）或黑線的例文，填上孩子的名字、年齡等資料，寫成「自己用的自我介紹」。

❹指字讀出自己的介紹文章，然後背起來、發表。

就只有這樣。實際使用例文來練習吧！

步驟❶：看字讀例文，並背起來。

Let me introduce myself.

My name is Jiro Oita. I'm 7 years old.

I'm from Oita, Japan.

I go to ABC elementary school.

I like soccer.

Thank you for listening!

手指字讀音，背單字和英文。

步驟❷：讀日文翻譯，理解意思。

我要做自我介紹。

我的名字是大分次郎，七歲。

來自大分。

就讀 ABC 國小。

喜歡踢足球。

介紹完畢。

步驟❸：在例文的空白處填上自己的資料。

Let me introduce myself.

My name is______________. I'm______years old.

I'm from__________ , __________.

I go to__________.

I like__________.

Thank you for listening!

步驟❹：手指字讀出自己的介紹文，背起來後發表。

背好後，在家人面前發表。

孩子結束自我介紹後，請讚美他。

就算背得不好也沒關係，要鼓勵、稱讚孩子。

書末的「優惠特典」中，收錄「哈佛學生創作：三招輕鬆練就『英語四技能』的影片及音檔」，有充滿愛的書信，以及滿滿回憶的作文練習，請務必試試看。

在英語教室時，我也會對學生說：「只要寫出一百份的自我介紹，然後背起來，那麼絕對能跟世界上的其他人對話了。」

Sumire也曾這麼說：「的確，在進入哈佛大學之後，我也只用**填入『來自日本』、『小提琴』、『喜歡音樂劇』等關鍵字來作短篇自我介紹，再透過音樂這個共通語言，**交了許多好朋友。」

家人一起參與的輕鬆英語會話

最後，我要介紹能讓全家一起參與的「英語會話」。這也很簡單。

全家把簡單的英語會話背起來，再分配角色扮演就可以了。

媽媽是A，孩子是B，然後交換角色，請嘗試看看吧！

也請務必嘗試「優惠特典」介紹的方法喔！

【ice cream】

A: I want to eat ice cream.

B: Me too.

A: Let's go to the ice cream shop.

B: Sure.

【冰淇淋】

A：我想吃冰淇淋。

B：我也是！

A：一起去冰淇淋店吧！

B：嗯，好喔！

後記

「我是在備受稱讚的環境中長大的。」

如果有來生，「絕對」希望新的父母也能這樣對待我。

有許多從小就常被稱讚、長大後成功的例子。

雖然也有人擔心，太常稱讚孩子，會讓他們自我感覺太過良好，甚至有好的及不好的稱讚方法。但我卻認為關鍵不在於此。

稱讚孩子，完全接受他們，**百分之一百二十地去肯定他們**，這個才是重點。

無條件的愛（不論發生什麼事，我都站在你這邊）。

全心照顧（任何時候我都在你身邊，放心）。

這是世界上最崇高的愛了。

要讓孩子每天都能感受到這份愛，最好的方法就是讚美。

時間已經有點久遠了（笑），讓我想起談戀愛的時候。

戀人有時會自誇，或是表現出很有學問、有幽默感、或擺出甜美笑容等等。

這些都是戀人為了要傳遞「這個世界上我最喜歡你」而有的表現。

不管是哪一個世代，在這時候都會很努力「表現」。

當戀人興高采烈地在自誇（心裡其實是想吸引你的注意）時，你是否曾說過：

「是哦！對了，你聽我說，今天呢……」

「喔！不過我覺得那是不對的。因為……」

這麼說的話，再怎麼濃烈的感情也會冷卻的。

就算戀人滔滔不絕的炫耀有很多可以吐槽的地方，但這也是他想跟你一起分享快樂，並且透過話題表達對你的喜歡。

孩子也是一樣的。

就算每天都愛搗蛋，做出一些讓人生氣的事情，但這些態度及行為，都是「最喜歡媽媽（爸爸）了」的表現。

所以，感到寂寞時會肚子痛或頭痛，要是沒有理會就要鬧脾氣。

相反的，過度期待也會讓他倍感壓力。

而這些都能藉由父母的關心、溝通了解、溫柔的肢體接觸而獲得改善，千萬不要擺出父母的威嚴，去責罵或處罰孩子。

這比對百年濃烈感情的影響更加深遠，因為會對孩子一輩子的自我肯定產生影響。

俗話說：「一眠大一吋。」可見孩子的成長是相當快的。

這是無庸置疑的。

因此，**「昨天稱讚過了，今天就可以不用讚美」的想法，並不適用於養育孩子。**

還請各位父母認真地去讚美孩子。

孩子的笑容、鬧脾氣時的表情、生氣的語氣等，都是對父母最直接的「愛情表現」。

世界上，有人如此愛著我。因為感覺很美妙，根本沒辦法生氣。

父母養育孩子最大的目的，就是讓孩子成為有用的人。每一個家庭對「有用」各有解讀，但我想都是希望孩子能夠不斷超越自我吧！

就算有點貪心又如何呢？

這本書講的是英文學習，但真正的主題是——**學習語言＝學習生活**。

教育孩子就跟戀愛一樣，獨自一人是辦不到的。

就像投接球一般，必須跟對方有所互動才行。

養育孩子的同時，父母也會有所成長。

各位父母請跟著孩子再感受一次學習英文的樂趣吧！

最後，要感謝協助出版本書、肩負未來重責大任的——山姆、肯、藝珍、布蘭登、傑夫、琪肯、愛子、吉翁、琳、勇氣、傑米，以及女兒 Sumire。

另外，還要感謝經常寫信鼓勵我，讓我充滿積極能量的 Diamond 出版社寺田庸二先生，以及其他工作人員，很高興有機會跟你們一起工作，謝謝你們！

二〇一七年五月

廣津留 真理

NOTE

優惠特典

哈佛學生創作
三招輕鬆練就
「英語四技能」
的音檔與影片（附 QR Code）

在本書的最後，
準備了首次在日本使用，哈佛大學生全力協助製作，
輕鬆練就「英語四技能」的優惠特典。
理念是「全家共樂，親子共學」。
優惠特典有三大賣點：

1 優惠特典

由哈佛學生製作，親子一起提升
「閱讀力」、「聽力」、「口說能力」的音檔，初次公開！

2 優惠特典

收錄哈佛＆茱麗亞音樂學院學生作詞、作曲、演奏的歌曲影片，
及用「輕鬆背單字法」來提升「閱讀能力」和「聽力」！

3 優惠特典

英檢三級、準二級會考的「英文作文」也不用怕！
「輕鬆英文作文攻略法」提升「寫作能力」！

1

優惠特典

二〇二〇年英語教育大改革，
因應新英檢！
透過音檔、影片來簡單介紹！

由哈佛學生製作，親子一起提升「閱讀力」、「聽力」、「口說能力」的音檔，初次公開！

1 孩童用：讀英語故事

提升英語四技能的「閱讀力」和「聽力」吧！
讀英文的故事，背起來後，在其他家人面前發表吧！
哈佛學生創作的故事：

1) The Zoo

2) The Hippo and the Bird

2 全家用：說英語

提升英語四技能的「口說能力」和「聽力」吧！
「口說能力」就從背英語會話開始。

3) Favorite Food

4) Lost Button

5) Eating Out

6) Math Problem

優惠特典大放送

育兒完全保存版手冊！掌握 11 個原則就 OK ！

因為是完全保存版，可以放在「記憶單字組合」裡面。

2 優惠特典

英文有九成靠單字量！
開心地跟哈佛學生＆茱麗亞音樂學院學生共同創作的歌曲影片一起背吧！

收錄哈佛＆茱麗亞音樂學院學生作詞、作曲、演奏的歌曲影片，及用「輕鬆背單字法」來提升「閱讀能力」和「聽力」！

7) 單字歌：「School Trip Song」（一起去遠足）。

8) 單字表：開始背囉！字母拼音要能跟上音檔。

會唸英檢五級的單字後，接下來就去挑戰四級、三級的單字。

3 優惠特典

英文作文也從背誦開始！

英檢三級、準二級會考的「英文作文」也不用怕！「輕鬆英文作文攻略法」提升「寫作能力」！

提升英語四技能的「書寫力」和「閱讀力」！

模仿就會寫出英文作文！

9) 背一封給媽媽的信！ Dear Mom

10) 書寫最美好的回憶！ What is one of your favorite memories?

1
優惠特典

由哈佛學生製作，親子一起提升「閱讀力」、「聽力」、「口說能力」的音檔，初次公開！

1 孩童用：讀英語故事

提升英語四技能的「閱讀力」和「聽力」吧！
讀英文的故事，背起來後，在其他家人面前發表吧！

因應二〇二〇年小學英語
以及新英檢考試方式！

進行方式

閱讀英文故事，背起來後，在家人面前發表。
★**哈佛學生讀繪本的音檔，請掃描** QR Code。

1) The Zoo

One day, Ken went to the zoo. He walked around the zoo for a few hours.

At the zoo, Ken saw many animals. Ken saw an orangutan. It was hairy and orange. It sat in a tree.

Ken also saw a lion. It was big and yellow. Ken thought the lion was scary.

Ken saw a koala in a tree. It was gray and had a black nose. Ken thought the koala was cute.

That night, Ken went to sleep. He dreamed he was a koala in a tree. In the dream, Ken had an orangutan friend. They sat in a tree together. The lion was also in Ken's dream. The lion could not climb the tree. So, Ken and the orangutan were not scared. Ken woke up the next morning. He felt happy.

1) 動物園

某天，肯去了動物園。他在動物園逛了兩、三個小時，看了許多動物。

其中有猩猩，牠全身有著茂密的橘色毛，坐在樹上。也看到了獅子，有著一身黃色的毛，身形巨大。肯覺得獅子非常可怕。樹上也有無尾熊，灰色的身體，黑色的鼻子。肯覺得，無尾熊長得很可愛。

那天晚上，肯做了一個夢。他夢到自己是一隻無尾熊，攀爬在樹上。在夢中，肯跟猩猩是感情很好的朋友，一起坐在樹上。

獅子也有出現在夢裡，但因為牠不會爬樹，所以肯跟猩猩一點都不覺得害怕。

隔天早上醒來，肯覺得非常高興。

2) The Hippo and the Bird

Harry Hippo and Barry Bird are great friends. Harry is a big gray hippopotamus. Barry is a little green bird. Harry and Barry spend all day together.

Harry and Barry like to help each other.

When Harry needs to see far ahead, Barry files high into the sky. Then, Barry comes back and tells Harry what he sees.

When Barry is too tired to fly across a river, Barry rides on top of Harry's head so he does not get wet.

When fleas bother Harry, Barry eats them off his back. Barry likes the little snack.

Sometimes, Harry and Barry go on adventures.

Barry is about to eat a flea off Harry's back. But the flea says, "Wait!"

"What? " says Barry. " You can talk? "

"Yes, " says the flea. " My name is Franny Flea. I am the smartest flea. Please don't eat me !"

" Well, you can't bother my friend Harry," says Barry.

" If you let me ride on your beak, I will use my smarts to help you on your adventures," says Franny Flea.

Barry says, " OK," and Franny jumps onto Barry's beak.

Together, Harry, Barry, and Franny go down the river to find more adventures.

2) 河馬與小鳥

河馬哈利和小鳥芭莉是好朋友。哈利是一隻灰色的河馬，而芭莉則是一隻綠色的小鳥。牠們每天都在一起。
哈利和芭莉總是相互幫忙。
哈利想看遠處時，芭莉會飛到天空，將看到的事物告訴哈利。
而芭莉累得不想飛過河時，只要飛到哈利頭上，不會弄濕羽毛就可以過河。
哈利身上有跳蚤時，芭莉會把跳蚤當作是小點心，幫牠吃掉。
有時候，哈利和芭莉會出去冒險。
芭莉正要吃掉哈利身上的跳蚤時，聽到「等等」的聲音。
「咦？你會說話？」芭莉問。
「對呀，我是跳蚤佛拉尼，跳蚤界的天才。拜託你，不要吃掉我。」跳蚤說。
「可是你會欺負哈利呀！」芭莉說。
「只要你讓我待在你的嘴尖上，我會想出最棒的冒險計畫。」佛拉尼說。
「知道了。」芭莉說完，佛拉尼就跳到芭莉的嘴尖。
就這樣，哈利、芭莉、佛拉尼一起沿著河，開始新的冒險。

2 全家用：說英語

提升英語四技能的「口說能力」和「聽力」吧！
「口說能力」就從背英語會話開始。
★音檔請掃描 QR Code。

3) Favorite Food　　4) Lost Button
5) Eating Out　　6) Math Problem

進行方式 3) Favorite Food

❶ 讀日文。

喜歡吃的食物

A：喜歡吃什麼？

B：披薩！

A：什麼口味的披薩？

B：義大利辣腸披薩。你呢？

A：起司披薩！

❷ 播放英語音檔，不看本文重播一次（到句號為止）。

❸ 跟著音檔唸，不看本文「跟著讀」（請參考 182 頁）。

❹ 看本文，配合英文聲音「手指字讀」（請參考 157 頁）。

3) Favorite Food

A: What's your favorite food?

B: I like pizza!

A: What kind of pizza?

B: I like pepperoni pizza. How about you?

A: I like cheese pizza!

❺ 家人分別扮演 A 和 B，然後將各自的台詞背起來。

❻ 背好後，在家裡發表吧！

練習問題

4) Lost Button

A: I lost a button on my shirt!

B: What are you going to do?

A: I have to find the button.

B: Where did you lose it?

A: I can't remember.

B: Let's look together.

4) 鈕扣掉了

A：我襯衫上的鈕扣不見了！

B：那怎麼辦？

A：一定要找到。

B：在哪裡不見的？

A：我不記得了。

B：那一起去找吧！

5) Eating Out

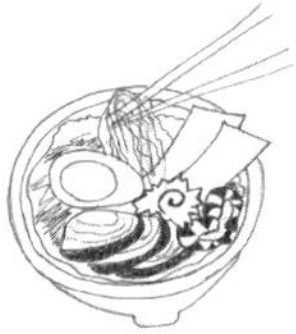

A: Let's go out to eat tonight.

B: That sounds like fun. Where to?

A: Let me think a minute.

B: I feel like eating Thai food.

A: I can't eat spicy food.

B: How about Korean food?

A: Korean food is also spicy.

B: Ah, right. How about ramen?

A: Sounds like a plan!

5) 外出用餐

A：今天晚上去外面吃吧！

B：好哇。去哪裡吃？

A：我想想。

B：泰國菜不錯吧！

A：我沒辦法吃辣。

B：韓國菜呢？

A：那個也很辣。

B：我知道了，那去吃拉麵？

A：聽起來不錯，就去吃拉麵。

6) Math Problem

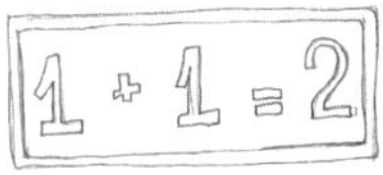

A: Can you help me with this math problem?

B: Sure, which one is the problem?

A: This one. I don't know how to do this part.

B: I see. You added the numbers in the wrong order. Try this.

A: Oh I see now! Thank you!

6) 數學問題

A：教我這題數學好嗎

B：好哇，哪一題？

A：這題。這個地方我不懂。

B：我看看。加法的順序不對了。你這樣算看看。

A：我懂了！謝謝你！

2 優惠特典

收錄哈佛＆茱麗亞音樂學院學生作詞、作曲、演奏的歌曲影片，及用「輕鬆背單字法」來提升「閱讀能力」和「聽力」！

英文有九成靠單字量。
跟著歌曲的影片一起背吧！
這樣就能培養「閱讀能力」和「聽力」。
首先，請掃描 QR Code 找出影片。

7）這是廣津留 Sumire 和茱麗亞音樂學院的同學創作，能快樂學單字的歌。請大聲唱「School Trip Song」（一起去遠足）吧！

7) School Trip Song

1. Hey kids! Let me take you on a school trip with my friends! We started at the zoo, where we saw a lot of different animals. Today, we saw...

Penguin, monkey, zebra, elephant,
Hippo, turtle, rabbit, fox,
Cheetah, lion, tiger, orangutan,
Sheep and koala.

Now I told you what I learned,
When I was at the zoo.
I can teach you all the words that I learned,
And next time I'll bring you too.

2. After we left the zoo, we got really hungry, so we decided to go to a restaurant to get some food! Today, we ate...

Apple, cherry, orange, strawberry,
Mushroom, spinach, onion, beans,
Pasta, pizza, hot dog, hamburger,

Coffee and tea.

Now I told you what I learned,
When I was eating food.
I can teach you all the words that I learned,
And next time I'll bring you too.

3. After we left the restaurant, we were so full and tired that we decided to go home and finally rest. At home, we saw...

Table, notebook, pencil, library,
Blanket, pillow, towel, bed,
Kitchen, oven, toaster, microwave,
Toothbrush and cup.

Now I told you what I learned,
When I came home from school.
I can teach you all the words that I learned,
And next time I'll bring you too.

8) 單字明細

觀看影片「一起去遠足」，記單字吧！字母拼音要跟得上聲音喔！讀完英檢五級的單字後，再去挑戰四級、三級的單字吧！

動物園：penguin（企鵝） monkey（猴子） zebra（斑馬） elephant（大象） hippo（河馬） turtle（烏龜） rabbit（兔子） fox（狐狸） cheetah（獵豹） lion（獅子） tiger（老虎） orangutan（猩猩） sheep（羊） koala（無尾熊）

餐廳：apple（蘋果） cherry（櫻桃） orange（橘子） strawberry（草莓） mushroom（蘑菇） spinach（菠菜） onion（洋蔥） beans（豆子） pasta（義大利麵） pizza（披薩） hot dog（熱狗） hamburger（漢堡） coffee（咖啡） tea（紅茶）

家：table（桌子） notebook（筆記本） pencil（鉛筆） library（圖書館） blanket（抹布） pillow（枕頭） towel（毛巾） bed（床） kitchen（廚房） oven（烤箱） toaster（烤麵包機） microwave（微波爐） toothbrush（牙刷） cup（杯子）

3 優惠特典

英檢三級、準二級會考的「英文作文」也不用怕！「輕鬆英文作文攻略法」提升「寫作能力」！

提升英語四技能的「書寫力」和「閱讀能力」！

模仿就會寫出英文作文！

9) **背一封給媽媽的信！**

Dear Mom

10) **書寫最美好的回憶！**

What is one of your favorite memories?

進行方式

英文作文從背誦開始。先將下面這封孩子寫給媽媽的信「Dear Mom」背起來。

❶ 對日文看字讀音。

❷ 對英文看字讀音。

❸ 開始背。邊看字讀音，邊去想像，應該比較容易背。然後重複幾次。

❹ 總共四篇文章，將句首的一、二個字寫在紙上，邊看邊背。

❺ 背起來後，在家人面前發表（或是錄音）。

❻ 有餘力的人，請將背起來的文章寫到筆記本上。這樣就成為一篇「作文」了。

9) Dear Mom

Dear Mom,

I love you very much. I love you because you always take care of me. You always help me whenever I am in trouble and make sure I am all right. I love having you as my mom.

Love,

Taro

9) 給媽媽
媽媽：
最喜歡媽媽了，因為妳總是照顧我。
當我有煩惱時，一直在旁邊支持我，讓我很放心。
很高興媽媽成為我的媽媽。
太郎

接著，挑戰英檢三級程度的作文題目。

❶ 對日文看字讀音。
❷ 對英文看字讀音。
❸ 開始背。邊看字讀音，邊去想像，應該比較容易背。然後重複幾次。
❹ 總共六篇文章，將句首的一、二個字寫在紙上，邊看邊背。
❺ 背起來後，在家人面前發表（或是錄音）。
❻ 有餘力的人，請將背起來的文章寫到筆記本上。這樣就成為一篇「作文」了。

10) What is one of your favorite memories?

One of my favorite memories is going to the beach with my family. We swam in the ocean. Then, we all had a big lunch. After that, my sister and I played with toys in the sand. Then it was time to go home. I had so much fun at the beach with my family.

10) 告訴我你最快樂的回憶
我最快樂的回憶之一，就是跟家人去海邊玩。
在海裡游泳，然後大家一起吃午餐。
在那之後，妹妹跟我在沙灘玩玩具。
然後我們就回家了。
跟家人去海邊真的很開心。

特別協力
優惠特典

哈佛大學 Class of 2015
Sam Richman
（Stories, Audio Voice）

茱麗亞音樂學院
JHM Jams：
Ken Kubota
（Vocals, Cello, Narration）
Brandon Ilaw
（Vocals, Piano, Cajón）
廣津留 Sumire
（Vocals, Violin）
Ye Jin Choi
（Video）

在第二章時，介紹到 Sumire 在小學低年級時，讀了《*Curious George Goes to a Chocolate Factory*》的英文迷你繪本，這是她心目中「實用『輕鬆學英文迷你繪本』」前五名的「第三名」。她讀完之後，不但畫了插畫，也做了日文翻譯。
由此可見，小孩的能力是無限的，請讓孩子充分發揮他們的想像力（創造力）。

知りたがりやの

ジョ〜ジ

チョコレート工場へ行く

H・A・REY 作

広津留すみれ かく

茶色い点は、やっぱりチョコレートでした。ツアーガイドが、グループに、チョコの中に何が入ってるかをチョコのてっぺんを見ながらせつ明していました。

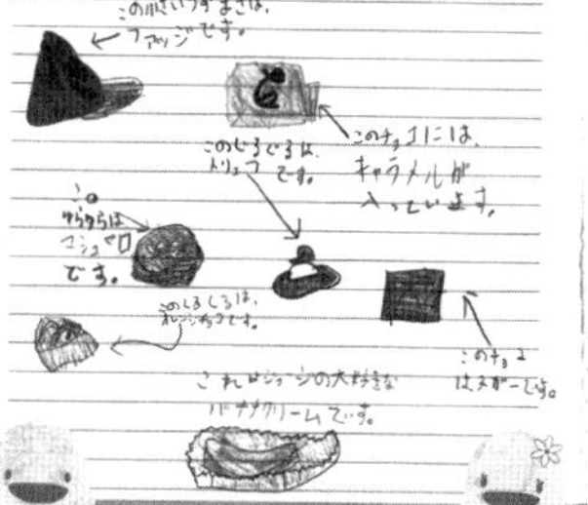

ジョージはツアーガイドについていって、バルコニーからチョコを作っている所を見ました。下には、いそがしいしょく人たちが、きかいからチョコをとって箱に入れる作業をしていました。。

このきかいは、ぐるぐるが上にのっているチョコを作っています。きかいの中からチョコが長いベルトにのってでてきます。でも、どうやってぐるぐるをつけているんだろう?ジョージは知りたくなりました。

ジョージはバルコニーから下りました。そして、きかいの上におりました。ジョージはきかいの中をのぞいてみました。どうやってぐるぐるができたか見ようと思った時、

とつぜん・・・

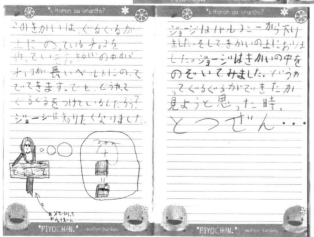

優惠特典
大放送

育兒完全保存版手冊！
掌握 11 個原則就 OK ！

因為是完全保存版！可以放在記憶單字組合裡面。
也可以放在記事本或錢包裡面，隨時都可以拿出來看。
跟孩子一起使用教材時，請記住下面十一個原則：

❶ 背錯了也不要去糾正，讓他繼續往下讀。

❷ 不知道孩子會不會讀也沒關係，跟著他指著文字繼續讀。

❸ 別去測驗孩子是不是學會了。

❹ 不要拖泥帶水，在「開始厭煩的前一分鐘」停止。

❺ 孩子是「未來人」。比大人聰明，所以要相信他「辦得到」。

❻ 不要皺眉頭，放鬆心情陪伴孩子。

聲音越來越大聲，快要發火時……

❼ 孩子不是父母的所有物，而是獨立的個人，請去尊重他。

❽ 世界上，孩子最愛的人是你，而且會愛你一輩子。沒有人會像他一樣。

❾ 長久的人生中，就算現在讀錯這個單字，也不會造成無可挽回的結果。笑一笑，就讓它過去。

❿ 父母是孩子學習的對象。請想想，斥責他們的你，是否有進取心？學習態度很好嗎？

⓫ 稱讚、稱讚，還是稱讚！稱讚孩子，讓他對自我肯定。要是有人說你壞話，大聲罵你，或是遭受網路霸凌，你會怎麼想？那一天是不是過得很沮喪呢？孩子應該會更無法承受吧，可能會因為些許事情而受傷。所以請注意說出口的每一句話。

每天 5 分鐘，輕鬆教出哈佛英文力

小學生就能大學考試合格的高效家庭學習法

英語で一流を育てる—小学生でも大学入試レベルがスラスラ読める家庭学習法

作　　者　廣津留 真理
譯　　者　張秀慧
社　　長　陳蕙慧
副總編輯　李欣蓉
主　　編　李佩璇
特約編輯　李偉涵
行銷企劃　陳雅雯、尹子麟、洪啟軒、余一霞
封面設計　簡至成
內頁排版　李偉涵
讀書共和國出版集團社長　郭重興
發行人兼出版總監　曾大福
出　　版　木馬文化事業股份有限公司
發　　行　遠足文化事業股份有限公司
地　　址　231 新北市新店區民權路 108-3 號 8 樓
電　　話　(02)22181417
傳　　真　(02)22180727
Email　service@bookrep.com.tw
郵撥帳號　19588272 木馬文化事業股份有限公司
客服專線　0800-221-029
法律顧問　華洋國際專利商標事務所　蘇文生律師
印　　刷　中原造像股份有限公司

初　　版　2020 年 09 月
定　　價　350 元

國家圖書館出版品預行編目 (CIP) 資料

每天 5 分鐘，輕鬆教出哈佛英文力：小學生就能大學考試合格的高效家庭學習法 / 廣津留真理作 ; 張秀慧譯 . -- 初版 . -- 新北市 : 木馬文化出版 : 遠足文化發行 , 2020.09
256 面 ; 14.8*21　公分
譯自 : 英語で一流を育てる : 小学生でも大学入試レベルがスラスラ読める家庭学習法
ISBN 978-986-359-818-3（平裝）
1. 英語 2. 學習方法
805.1　　109009426

特別聲明：有關本書中的言論內容，
不代表本公司／出版集團之立場與意見，文責由作者自行承擔

NOTE

NOTE